ビューティーキャンプ

林 真理子

Hayashi Mariko

幻冬舎

ビューティーキャンプ

プロローグ

ラスベガスは、観光とカジノの街というだけではない。

巨大なコンベンションホールを備えるホテルが多いため、世界中から人が集まり国際会議が開かれる。プラネット・ハリウッド・リゾート・アンド・カジノのコンベンションホールは、ラスベガスの中で二番めの広さだ。七千人が収容出来る。ステージが設置されると堂々たる劇場になる。今夜のステージはひときわ大きく華やかだ。ミス・ユニバースの世界大会が開かれるのである。

ミス・ユニバースは、世界三大コンテストのひとつと言われているが、その評価は海外の方がはるかに高いだろう。選ばれる女性は、その美しさは当然のこととして、知性、パーソナリティの魅力、とさまざまなことを求められるのだ。そのため、国の代表の女性は多くの媒体に登場し有名人となる。もし世界一に選ばれたとしたら、彼女はたちまち英雄だ。凱旋（がいせん）した世界一の美女を、首相や大統領が祝福する。この傾向は中南米ではさらに強く、ミス・ユニバースの称号を得た女性には、栄誉と共に富も用意されている。ひっぱりだこの女優になるか、とんでもない玉の輿（こし）に乗ることは間違いないのだ。

今ステージには次々と水着姿のミスたちが登場し、高らかに国名がアナウンスされる。

「ミス・ブラジル」

「ミス・ブルガリア」

後ろの方で盛んに声援をおくる一団がいる。プエルトリコやフィリピンの旗が振られている。アメリカに出稼ぎに来ている者たちが参集して、自国のミスを応援しているのだ。彼女たちが現れると熱狂して声をあげ、大きな国旗をかかげる。

「まるでサッカー観戦ですね」

前から五番めの席で見ていた並河由希（なみかわゆき）は、思わずため息を漏らした。留学経験のある彼女は、こういう時も英語が出てくる。隣にいるのがエルザならばなおさらだ。

「まずいわね」

彼女はあきらかにフランス訛（なま）りのある英語で言う。舌打ちに近いような激しく短い口調だ。

「ミス・タイのドレスが、彼女のものと似ているの！　そしてあっちの方がはるかにセクシーだわ」

〃彼女〃というのは、エルザが今日この場所に送り出したミス・ユニバース日本代表である。エルザは突然立ち上がった。そしてまわりが迷惑そうな顔をすることなど全く意に介さず、強引に通路へと出た。仕方なく由希も後を追う。舞台では一次審査が終わり、アメリカでそこそこ人気のある女性歌手が、ダンサーを従え歌い始めたところである。

二人は扉を開けロビーへと出た。エルザはスマホに向かって叫ぶ。

「ドレスを替えるのよ。わかった！」

相手は控え室にいるだろう、ミス・ユニバース日本代表である。

「あなたは間違いなく二次に行くはず。その時にミス・タイと似ているドレスだとまずいわ。あのオレンジ色の方を着なさい。それから歩く時、もっと笑顔を。太陽を呼び込むようによ」

わかったわね、〃私の娘〃とエルザは急にゆっくりと喋り出す。

「あなたがいちばん美しい。観客の心をとらえたのもあなたよ。もっと自信を持ちなさい。あなたは今夜、ミス・ユニバースになるわ。そして私の夢をかなえてくれるの」

〃マイ・ドリーム〃と、もう一度エルザは口にした。

1

「あっ、ちょっと停めて」

と助手席に座っていたエルザが叫んだ。こういう時「プリーズ」はつけず、「ストップ」とだけ言う。彼女が言葉を発する時はたいてい命令形だ。

「えっ、だって、こんなところ停められませんよ」

並河由希は答えた。表参道から根津美術館へと抜ける道は、いつも二車線びっしりと車が走っている。ここで停車する車といえば、両脇のブランドショップに搬入するバンぐらいだ。それもそそくさと済ませる。

「停めるのよ。早く」

由希は黙ってブレーキを踏んだ。エルザが決して人の言うことなど聞く女ではないことを、この三カ月で知りぬいているからだ。

「金魚鉢」という異称を持つ、ＰＲＡＤＡのガラス張りのショップを過ぎたところで、由希はやっとエルザの愛車であるジャガーを停めた。が、これで終わりではない。由希は注意深く右側のドアを開ける。しかし間なく通り過ぎる車のせいで、かなり時間がかかってしまった。その合い間にエルザは歩道を歩き出している。

十センチのヒールなのに歩きはとても速い。

「エックス・キューズ・ミー」

エルザは前を歩いている白いミニスカートの女性を呼び止めた。驚いたように振り向く彼女は長い髪に灼(や)けた肌をしている。大きな目をさらにひき立てるように、くっきりとアイラインがほどこされていた。

「留学帰りだな」

やっと追いついた由希は見当をつける。アメリカで暮らしたことのある女というのは、ほぼ例外なくこうしたメイクをするようになる。あちらの男性が好む顔になっているのだ。

「驚かせてごめんなさいね。私はこういう者なのよ」

エルザはすばやく名刺を彼女に渡す。

「それに書いてあるとおり、私はミス・ユニバースの日本事務局のトップディレクターなの」

由希が訳す必要もなかった。その女性は綺麗(きれい)な発音で、よく知っていますと答えたからだ。

「エルザさんでしょう。あなたの本はベストセラーになっているし、よくメディアに出るから知っています。確か『世界一の美女になる100のおきて』でしたね」

「ノー。『101のおきて』よ」

エルザは唇をちょっととがらせた。機嫌のいい時の彼女の癖だ。

「今、車で通り過ぎる時にあなたを見たのよ。そしてぜひミス・ユニバースのコンテストに出てもらおうと思ったの」

「えっ。だってコンテストって応募するものでしょう」

「そんなことはないの。待っていたって素晴らしい女性たちはなかなかやってくるもんじゃないわ。だったら自分で探しにいこうって、こうして街に出ていくのよ。あなたはすぐに目についたわ。スタイルも顔も素晴らしいわ。ねえ、あなたはもうどこかのモデル事務所に所属してるの」

「ええ、ああ、一応……」

彼女は英語にしづらい、実に日本人らしい答えを口にした。

「私の方は構わないわ」

エルザは尊大に答えた。

「あなたはミス・ユニバースに出るべきなのよ。あなただったら、きっと十二人のファイナリストになれるわ」

「そうでしょうか……」

「ディレクターの私が言うから間違いないわよ。あなたの名前を聞いてもいいかしら」

「カレン。大野（おおの）カレンです」

「OK、カレン。あなたの連絡を待っているわ。私のオフィスはすぐそこだから」

車に戻り、再びハンドルを握りながら由希は尋ねた。

「今のコ、来るでしょうか」

「あのコは来るわよ」

エルザは頷（うなず）く。

「私にはわかるもの」

しかし由希は知っている。カフェやレストラン、そして今のように道を走っていても、エルザはこれはという若い女に声をかけていく。その数は由希が知っているだけでも十数人はいただろう。けれども実際に電話をかけてきたのは四人だけだ。エルザに言わせると、

「日本の女性は、謙虚なのはいいけれども、自分の美しさにもっと自信を持っていいのに」

ということになる。

「私が声をかけると、たいていの女の子が私なんかとんでもない、って最初に言うのよ。どうしてなのかしら。私の魅力に気づいてくれて嬉しいわって言う女の子に一人も会ったことがないわ」

「それは日本の女の子が、自然に身につけた知恵ですよ」

由希は力を込めて言った。それは勤め始めてすぐの頃だったと思う。エルザが人からものを教わる口調で何か言われるのが大嫌い、ということにまだ気づかなかった頃だ。

「日本では、可愛い女の子は子どもの頃からいろいろ気を遣うんですよ。他の女の子から嫌われないように、目立たないようにってね。だから誉められると、すぐに否定する習慣がついてしまうんですよ」

「ふうーん、くだらないわね」

エルザは不機嫌そうに鼻にシワを寄せた。そうすると白人特有の粗い肌理があらわになった。年よりもずっと若く見られるが、彼女は四十歳であった。

並河由希がエルザ・コーエンという名前を初めて見たのは、ロサンゼルスから帰る飛行機の中であった。CAから受け取った女性誌の中に、

「エルザさんに聞く、世界一の美女のなり方」

という特集が載っていたのだ。そこには食べ物から立ち居ふるまいまでを、写真で指南するプラチナ・ブロンドの女がいた。彼女の出す美容の本はことごとくベストセラーになっているということだが、三年近くアメリカにいた由希には知るよしもなかった。きりつめた留学生活だったので、定価の三倍近くする日本の新刊書を買う余裕はなかったし、それよりも英語で書かれた資料やテキストを読むのに必死だった。

アメリカの大学で学んでいたのはビジネス・マネジメントだ。なんとかMBAをとることが出来たが、そんなものをひっさげて帰国しても何の役にも立たないと、いろいろな人から言われていた。MBAという肩書きが有り難がられたのはせいぜい十年前までで、今はどこのビジネススクールを出たかということが重要になる。ハーバードやエールならともかく、由希のように二流の学校では就職に有利になることもないのだ。

しかし起業しようと由希はとうに決めていた。ロサンゼルスで何度か通訳を頼まれたことがある。ハリウッドに進出しようとする、そう有名でない日本人の俳優の売り込みだったり、映画祭のための日本企業のアテンドだった。その時にアメリカのエージェントの強さをまざまざと見せつけられた由希は、日本でもそのような仕事をしたいと考えるようになった。モデルやアーティストのためのマネジメントをしたい。才能ある人たちを見つけて自分の力で世に出してやる。それは自分が出るよりも価値ある仕事のように思われた。

実は学生時代、由希は少しだけモデルをしていたことがある。スカウトされて事務所に籍を置いたのだが、たいした仕事をしたことはない。通販のパンフレットかチラシのモデルといった類いのものだった。大きな仕事のオーディションも受けたが、広告代理店やカメラマンの横柄な態度にすっかり嫌気がさしてしまった。

しかしモデルをほんの少ししたことはとてもいい経験だった。プロフィールにそれを書けたからである。

「ＯＫ！」

面接の後でエルザは言った。

「来週とはいわず明日からでも働いて頂戴。あなたが綺麗なのが気に入ったわ。私はたとえスタッフでも、アグリーな女性は絶対に許せないのよ」

帰国してすぐインターネットでエルザの名前を検索してみたら、英文で「アシスタント募集」と書いてあった。由希はここで仕事を覚えるのもいいかもしれないと、早速パソコンでエントリーしてみたのだ。その英語の文章が完璧だったから面接してみることにしたとエルザは言ったが、それは半分は嘘だと由希はすぐに知ることになる。あまりにも安い給料と人使いの荒さに、たいていの女性は半年ももたない。いつもスタッフは入れ替わっていたのである。

手取りが十二万円と聞いて、由希は〝ウッソー〟と心の中で叫んだ。これならコンビニかマックでバイトをした方がはるかにいい。

「だけどいろんな手当もつくし、海外に行くチャンスもあるのよ。それに私と仕事出来るなんて、ものすごく幸運だと思わない」

早口の英語で言われると、そんな気になってきたから不思議だ。エルザは〝時の人〟である。美の伝道師として本が売れ、女性誌にひっぱりだこだ。それだけではない。エルザが日本を担当するようになった七年前から、日本大会代表が世界大会の上位に食い込むようになったのだ。昨年日本代表の近藤沙織(こんどうさおり)は五位入賞で「ミス・フォトジェニック」に輝いている。こういう女性から、世の中の運気の流れをつかむ〝コツ〟のようなものを学ぶのもいいのかもしれない。

「わかりました。よろしくお願いします」

日本式に頭を下げた由希に、エルザは握手を求めた。

「OK。じゃ、私とチームを組みましょう」

だけどねとエルザは由希にじっと目を凝らす。

「私は『プラダを着た悪魔』よりすごいかもよ」

それはひと昔前に流行（はや）った映画だ。留学する前に観たことがある。メリル・ストリープが、アメリカ版ヴォーグの名物編集長アナ・ウィンターに扮（ふん）している。彼女はアン・ハサウェイ演じるアシスタントをこき使う、いや、こき使うどころではない。到底不可能なことを命じ、彼女をきりきり舞いさせるのだ。

由希はエルザの顔を見つめた。ジョークだったら笑おうと思ったのである。しかし彼女の黄緑色の瞳はぴたっと由希に向けられ微動だにしない。

「覚悟しておきます！」

と由希は答え、後にこの場面をよく思い出すことになる。

エルザは離婚していて十二歳の娘がいる。娘は東京のインターナショナルスクールに通わせていたが、いずれはパリに戻すつもりだと彼女は言った。

「子どもの時にいろんな国で暮らすのはいい経験だけど、デラシネになると困るわ」

この娘は父親に似たのだろうか、背が低く平凡な顔つきをしている。愛想がないことはなはだしくて、由希が自宅へ行ってもすぐに自分の部屋に入ってしまう。

エルザは白金（しろかね）に豪華なマンションを借りていた。六十坪ある外国人専用のもので、応接間は五十人ほどのパーティーがらくに出来る。エルザはここでよく人を招いた。日本大会の昨年のファイナリストにその家族たち。そしてスポンサーやファッション関係者たち。ある時は鮨屋が出張して即席のカウンターで握ってくれたことがある。

「すごいパーティーよね。いくらお金がかかってるのかしら」

台所を手伝わされていた由希がため息をつくと、広報担当のナミコがふふと鼻で笑った。

「このパーティーはみんな事務局の経費よ。ここの家賃だってそうだわ。それどころか、エルザっていうのは、自分と娘が毎日食べるパンだってちゃんと経費で落としているんだから」

そう言われてもからくりがよくわからない。

「あのね、エルザっていうのは世界事務局からすごい信用があって、日本のことはすべて任されているのよ。だから何でも出来るのよ。日本っていうのは、このご時世でもすっごいスポンサーいっぱいついてるしさ」

そのスポンサーの代表格は、ある化粧品会社であった。一流というわけでもなく、宣伝をそれほどしているわけでもない。しかしナミコに言わせると、

「ああいう風にひっそりと通販やってる化粧品会社って、すごく儲けてるのよ。宣伝しなくても口コミで売れるようになったところって利益もハンパじゃないもの」

そこの定番クリームは由希も使ったことがある。二万円以上するものであるが、コスメ

フリークの間では名品として評価が高い。

　モデル時代、女性誌の編集者から一個もらったことがある。恐縮する由希に編集者は言った。

「うちの化粧品担当のところには、いろんなメーカーのものが段ボール箱でどさどさ届けられるわよ。足の裏に一万円の美容液塗ってるって自慢してる人だから、クリーム一個くらい、どうってことないわよ」

　その化粧品会社の社長もエルザのパーティーで見たが、あまりにも朴訥な印象で驚いたことがある。着ていたスーツも垢抜けないし、まるで田舎の市役所職員である。

「あの化粧品会社、昔は靴クリームを作っていたんだって」

　ナミコが教えてくれた。

「嘘でしょう」

「本当よ。その時馬の脂の成分に気づいて、化粧品に応用したとか聞いたことがあるけど」

　パーティーで由希はエルザの通訳をさせられる。だからその社長とも間接的に話すことになった。

「ああ、ヒロシ、よく来てくれたわ」

エルザはためらいもなく、男の痩せた肩に手をかけハグをする。

「今夜はどうぞゆっくりしていって頂戴。昨年ファイナルに出たマリも、レイナも呼んであるのよ」

「エルザさん、今年の応募状況はどうかな」

「素晴らしいわよ。やっぱりサオリが五位に入ったせいでマスコミがいっぱい取り上げてくれたでしょう。その効果が大きいわ」

「なんとか日本から世界一が出ないもんかな」

恥ずかしそうにひと言ひと言喋るこの初老の男に、由希はすっかり好感を持った。エルザは、大げさに、もちろんよ、と手を拡げた。

「ああ、ヒロシ、日本から世界大会の優勝者を出すのが私の夢であり、私に与えられた任務なのよ。ヒロシだって、私と同じ考えでしょう」

ヒロシと呼ばれるたびに、男は口角を少し上げた。

「もちろんそうですよ。ですからエルザさんには頑張ってもらわないと」

「そしてヒロシももっと応援して頂戴ね」

エルザはさりげなく片手を社長の手にのせたまま、パリファッションブランドのＰＲ担当の女に、もうじき行くわよ、と目くばせする。このＰＲ担当は日本人だが、英語もフランス語も達者なので由希は必要ない。しかし近くで待機するので二人の会話を聞くことになる。

「マユミ、お願いよ。今度の日本大会でもおたくのイブニングを貸してほしいの」

「私は構わないんだけど、上役がなんて言うかしらねえ……」

権力を持つ女がよくやるように、PR担当の女は意地の悪い笑みをうかべた。

「おたくのファイナリストたちは、ドレスを雑に扱うから、うちの上の者たちが嫌がるのよ。高いヒールでふんづけるもんだから、裾がぼろぼろになってしまうのよ。女優だってあんなことはしないわ」

「マユミ、あなたも知ってるでしょう。コンテストに出るコたちは、みんな背がとても高いのよ。ヒールだってキリのようなものを履いてるわ。ロングドレスを着こなす訓練だってしてるけど舞台で歩きまわる距離が長いのよ。そこのところをわかって頂戴。それに、おたくほど美しいラインを出せるドレスはないんですもの。お願いだから貸し出しをしてね」

こうしながらエルザは、パーティーに出たすべての人たちに、声をかけ、ある時は懇願し、ある時は不満を口にしながら進んでいく。そしてパーティーの半ばになった時、声をあげた。

「サオリよ」

昨年のミス・ユニバース日本代表、世界大会五位の近藤沙織が姿を現したのだ。彼女はシンプルな黒のパンツスーツを着て、髪を沖縄の女のようなアップにしていた。それが彼女の美しさを引き立たせていた。他にも過去のファイナリストがいたが、彼女は他の女たちとはまるで違っていた。微笑(ほほえ)みながら前を進む。自然と道が出来た。あたかも女王が接見をするように、彼女は左右に軽く微笑みかける。何もかもが完璧であった。

「なんて綺麗なんだろう!」

由希は日本一美しい女をまじまじと見つめた。

2

「サオリぐらい成長したコは、ちょっといないわね」

ランチ時、ミネラルウォーターを飲み干しながらエルザは言う。たっぷりの野菜と果物、そして脂身のない肉を食べ、昼間は炭水化物を摂らないこと、とエルザは自分の本に書いているが、実はパンに目がない。今もランチのプレートに添えられたバゲットのかたまりをぺろりとたいらげた。

「私はフランス人だからいいのよ」

というのが言いわけに使われる。

「私たちは生まれた時から、焼きたてのバゲットを食べてたんだから。バターがたっぷり入ったクロワッサンでなければ大丈夫。それにフランス人っていうのは太らないようになっているの」

日本の女もフランス人の体型に近い、とエルザは言う。中肉中背で骨も細い。身だしなみに気を遣う繊細な国民だ。

「だけどね、ナイーブってことは世界の表舞台に立つ時に、必ずしもいいとは限らないの。中南米の女たちに負けてしまうのよ。あの人たちは体全体を使って『私を見て！』『私はキレイでしょ』って叫んでるわ。彼女たちに勝つには、まず精神から変えていかなきゃいけないの」

そして近藤沙織の話となったのだ。沙織はエルザがミス・ユニバースの日本事務局に君臨してから七年め、初めて世界大会で入賞させた女性である。五位入賞は、日本にとって十数年ぶりのことで輝かしいタイトルとなった。

「サオリはシャイでニコニコ笑っているだけの、典型的な日本人女性だったわ。それをね、私が世界大会までにあそこまで変えてみせたのよ」

「すごいですね」

由希は心から言った。四日前のパーティーで本物の沙織を見て、その美しさに圧倒されたからである。美人に圧倒された、というのは初めての経験だ。美に威厳があるというのを知った。沙織は自分よりも年下のコで二十四歳なのに。

由希がそのことを告げると、エルザはふんふんと楽しそうに頷いた。

「私はね、とことんサオリと向き合ったのよ。あなたのどこがいけなくて、あなたのどこが素晴らしいかを彼女に教えてあげたの。サオリは私の大切な教え子。私の作品なんて言うつもりはないわ。ファイナリストたちはみんな私の大切な教え子。わかるわね」

「ええ、もちろん」

そう答えながら事務局のナミコの言葉を、少々意地悪い気持ちで思い出す。ナミコはかつてのファイナリストの一人で、今は広報を担当しているのだ。

「エルザは好き嫌いが激しいのよ。嫌いな女の子には容赦ないわ。だからね彼女を恨んでいるコも多いの……」

ランチの時間はもうじき終わろうとしていた。青南（せいなん）小学校の前にあるこの小さなビストロは、エルザのお気に入りだ。ランチを食べながらここでミーティングすることも多い。二人で二千円足らずのランチであったが、エルザはコーポレイトカードで支払いをした。そして二人は事務局まで歩いて帰った。ミス・ユニバース日本事務局は、骨董（こっとう）通りの新築ビルの三階にある。八人のスタッフが働く部屋の他に、応接間と資料室、そしてエルザの部屋があった。今日は一時半に大野カレンが訪れることになっている。先週エルザが表参道でスカウトした、若いモデルである。華やかな容姿と抜群のプロポーションを持つ彼女を、エルザはファイナリストの中に入れたがっているのだ。

やがて時間となり、ドアがノックされた。

「どうぞお入りください」

由希が言うと、青いワンピースを着たカレンがドアを押して入ってきた。目がさめるようなターコイズブルーで、シンプルな超ミニ。モデルレベルの女でなければまず着こなせないワンピースだ。

「ああ、カレン、待っていたわ」

エルザは会って二回めの女を、さも嬉しそうにハグした。

「あなたはきっと来てくれると思ってたわ」

「ちょっと迷ったんですけど、事務所もＯＫしてくれたし」

「素晴らしいわ。再来週からビューティーキャンプが始まるけど、あなたはさっそく明日からトレーニングして頂戴。大丈夫よね」

「構いませんよ。私、このところずうっとオーディションに落ち続けてたから仕事ないし」

由希が思っていたとおり、カレンは流暢（りゅうちょう）な英語を喋った。それは帰国子女のネイティブなものではなく、大人になってから身につけた英語だ。おそらくアメリカのどこかに留学していたのだろう。

エルザも英語を母国語としないが、喋る時はとても早口だ。

「あの、エルザさん、ちょっと気になってるんですけど、私、あんまり売れないモデルなんですよ。ＣＭやショーとかの大きい仕事はしたことないし、カタログ程度の仕事のオーディションにも落ちちゃうし……。こんなＢ級のモデルが、ミス・ユニバースなんかやっていいのかしら」

まあ、とエルザは思いきり顔をしかめた。

「カレン、あなたはもっと賢いと思ってたけど、ケンソンとやらが大好きなジャパニーズガールの一人だったのね。あなたね、モデルとして成功するのと、ミス・ユニバースになることとはまるで違うことなの。いい、モデルは服をひきたてるのがお仕事なの。ミス・ユニバースは、自分を自分自身でひきたててやるのが使命なのよ。あなたは今までまるで正反対のことをしていたのよ、わかる?」

「そうですね」

カレンは微笑んだ。笑うと目尻が下がって愛らしく人のよさそうな表情になる。まずエルザが彼女にすることは、アイラインが目立ち過ぎる〝アメリカ帰りメイク〟をやめさせることだろうなと由希は思った。

「ところでカレン、さっそくだけど服を脱いで頂戴」

「えっ」

「えー」

由希とカレンが同時に叫んだ。

「裸になれとは言わないわ。その素敵なワンピースを脱ぎなさい」

いつもどおり、疑問形でもなければプリーズもつけない。

「えっ、今、ここでですか」

カレンは本当に驚いた顔をしている。そして由希の方に向かって日本語でつぶやいた。

「ここって本当にミス・ユニバースの事務局ですよね。まさかＡＶの事務所に騙されて連れ込まれてるわけじゃないですよね。そうだったら私、逃げなきゃ」

「間違いないわ。ここはミス・ユニバース日本事務局よ」

「何をしてるの」

エルザが苛立った声をあげた。

「あなたモデルだったら、こういうことに慣れてるでしょ」

カレンはしぶしぶ背中のジッパーを下げた。ワンピースが床に落ちる前に手で受け止め、軽く畳んでソファに置いた。それは慣れた手つきだった。

手入れのされた綺麗な体だ。服と同じブルーのブラジャーをしていたが、ショーツはベージュのセミビキニだった。

「信じられないわ」

エルザが言った。

「どうしてブラジャーとショーツがばらばらなの。どうしてペアにしなかったの」

「ショーツは洗濯したら、ちょっとダメージを受けたので捨てました」

エルザの剣幕に押され、カレンは少年兵のように答える。

「だったらブラジャーも一緒に捨てなさい。こんな個性的な色のインナーなら、ペアで着なかったら何の意味もないじゃないの」

そしてカレンに近づき、すばやく中指をショーツの縁(ふち)にかけた。そして軽く二、三度はじく。

「それにこのショーツだって、何回も洗濯したわね。ゴムが少し伸びてるわ」

「でも清潔ならばいいんじゃないですか……」

「ノー！」

エルザは大きな声で言った。自分よりもはるかに背の高い若い女に向かって、顎をしゃくり上げ、

「ノーノーノー！」

と首を大きく横に振った。

「カレン、あなたはこれからミス・ユニバースという、世界一の美女にチャレンジするのよ。その人がゴムの伸びたショーツをはいていいの」

こんなこと、許されるのだろうかと息を呑んで由希はエルザを見つめる。彼女は平然として言ってのけた。

「さあ、ワンピースを着なさい。今後はデート以外にも、必ず素敵ないいインナーを身につけなさいよ。ゴムのゆるんだショーツをはく女に、美しくなる資格なんてないんだから」


新宿にある老舗のホテルは、ずっとミス・ユニバースのスポンサーをしてくれている。先代の社長が、このコンテストの大ファンだったというが定かではない。とにかくエルザがトップディレクターに就任し、ビューティーキャンプを考えついてから、ファイナリストたちはずっとここに泊まることになっている。そして二週間という日々をトレーニングとレッスンに費やすのである。

朝の九時、由希はホテルのロビーに立った。一次の書類選考、二次の水着審査、三次の面接を勝ち抜いた十二人のファイナリストたちが、ここのロビーに集合することになっているのだ。

今年の第一次の応募者は千二百名。昔はもっと多かったそうであるが、一時期フェミニストによる、ミスコンテスト反対の風潮によりかなり落ち込んだ。そして今はやや持ち直しているというのは、やはり世界五位に入賞した近藤沙織の功績によるところが大きい。しかしコンテストに名乗り出る女たちだけでは、レベルが知れているというので、エルザたちは街に出て熱心なスカウトを行なった。そのメンバーがカレンを入れて四人いる。しかし広報のナミコに言わせると、

「やっぱり日本大会のグランプリに選ばれるのは、応募してきたコよ。スカウトされてきた女の子っていうのは、今ひとつ根性がないのよね」

九時半を過ぎた頃から、一人二人とファイナリストたちはスーツケースを持って集まってくる。彼女たちはひと目でわかった。長身の素晴らしいプロポーションの女たちはひと目をひいて、遠くからスマホを向ける者たちさえいる。

「はい、池田咲(いけだえみ)さんですね。荷物を置いて、どうぞ地下の会議室にお進みください」

他のスタッフと手分けしながら、由希は彼女たちをチェックインさせていく。

「あ、これ、お願いします」

差し出されたのはグッチの模様のスーツケースだった。ピンク色のニットの裾にはシャネルのマークが見える。波うったウェイブの髪におおわれた顔は小さく、素晴らしい美貌

であった。

「谷口美優さんですね」

書類の写真と照合しながら言った。彼女のプロフィールは既に頭に入っている。神奈川出身。私立医大の四年生。趣味は海外旅行とゴルフ。

「はい、よろしくお願いします」

軽く会釈をしたが、いかにも金持ちの娘の優雅さに溢れていた。

「すみませーん、よろしく」

いきなりスーツケースを押しつけられた。村井桃花だとすぐにわかった。桃花はこのビューティーキャンプの最年少の十九歳である。高校在学中からモデルをしていたということであるが、そのわりには丸顔でぽっちゃりしている。

「ああいうコを見るとね、エルザって異常に燃えちゃうの。だからエルザのモチベーションを上げるためにも、ああいうコが一人は必要なのよ」

ナミコに教えられた。こういう「磨き映えするタイプ」の女の子に対し、エルザは二週間で体を絞っていく。同時に化粧やファッションのレベルもとことん上げる。そして彼女が上位に上がっていくと、エルザは手ばなしで喜ぶのだという。

「結局あの人って、ヒギンズ教授と同じなんじゃない」

「ああ、『マイ・フェア・レディ』の」

「ヒギンズ教授のように野暮ったい女の子を教育して、日本からミス・ユニバース・グランプリを出すというのは、エルザの夢なのよ。あの人はそのために日本に来たもんだから」

そして十時近く、佐々木麗奈（ささきれな）がロビーに現れた時は、由希も他の居合わせた者と同じように、ほうっとため息を漏らした。彼女は百七十五センチをゆうに超す身長だったからである。手脚も長く素晴らしいプロポーションなのであるが、猫背でやや表情が暗い。

「今年は背の高さでミス・ユニバースを決めているのかしら」

と由希は思わずつぶやいたくらいである。

「いいえ、あのコはすごくエルザのタイプなのよ」

とナミコが言った。

「ああいう体の大きなコは大好きよ。ステージで映えるからって」

そして十時ぎりぎりに、その女は姿を現した。東野冴子（とうのさえこ）という名前は、名簿の最後にあった。白いブルゾンにダメージジーンズを組み合わせているが、決して不潔な印象を与えないのは、彼女の正統的な美貌のせいだろう。大きな瞳はつぶらで黒目が大きく、小さな唇は締まっていた。

「電車が遅れてしまって。まだ間に合うでしょうか」

「もちろんです。さあ、どうぞ」

美人ですよねと由希はナミコにつぶやいた。

「さっきからロビーのあの外人さん、ずーっと口開けて見てたわ。そりゃそうよね。これだけの美人が十二人も集まってるんですもの。でも今の人が、いちばんの美人だと思うわ」

「うーん、ちょっとねぇ」

ナミコは由希の耳元に口を近づけた。

「ああいう完璧な美人って、ビューティーキャンプの後って、案外伸びないのよね。伸び代（しろ）があるっていうなら、あの十九歳の丸っこいお姉（ねえ）ちゃんの方があるかもしれない。これからエルザがどんどん変えていくからね」

会議室に行くと、すべてのファイナリストが席に腰をおろしていた。あのカレンもいる。相変わらず太いアイラインを目にほどこしていた。ハーイと由希がハイタッチするふりをしたら、

「ハーイ、元気？」

と彼女も返してきた。あの下着事件など忘れてしまったようだ。

「皆さん、こんにちは」

　エルザが挨拶する。

「これから二週間のビューティーキャンプに入ります。私は日本事務局トップディレクターをしているエルザです。エルザと呼んでくれてもいいのよ」

　女たちはいっせいに頷いた。

「私の評判聞いたことがある人」

　会場の全員が手を挙げた。

「私がとても厳しくて怖い女だと聞いたことがある人は」

　三分の一近くが手を挙げてエルザは笑った。

「みんな、こんなのは嘘よ」

　皆が安堵の笑みを漏らしかけたのを見はからってエルザがぴしゃりと言った。

「私はもっとひどいわ。日本で考えられている以上によ」

　エルザはテーブルに座り、脚を組んだ。日本人がすると行儀が悪いと言われるだけだが、エルザがすると脚の長さを見せつけるしゃれた動作となった。

「どうしてこんなにも一生懸命かというと、あなたたち十二人の中から世界一を出したいの。わかるでしょう。日本人っていうのは、子どものうちは外国人の私を珍しがっていっぱい従いてくるわ。みんなは無邪気に、ハローとか、どこから来たのかと聞いてくるの。それなのに年頃になると、じーっとこちらを見るだけで返事もしない。私はもうこんな日本人女性を変えたいの。はつらつとしていて美しくそしてミス・ユニバースを育てたいの。ねえ、わかるでしょう」

　そして熱を込めて次の言葉を大きな声で口にした。

「そう、みんな私に人生を任せて頂戴。私はきっとあなたの人生を変えてみせる。本当よ。本当なの。まず私を信じなさい」

3

いよいよビューティーキャンプが始まった。十二人のファイナリストたちは、スケジュール表を渡される。朝はジョギングに始まって、ウォーキング、トレーニング、ポージング指導、メイクレッスン、カウンセリングとスケジュールがびっしりだ。

「昼休みがないじゃん」

と誰かがつぶやくのが聞こえた。

エルザに指示されたとおり、アシスタントの由希は皆を広間に集める。

「さあ、みんな輪になりなさい」

フランス人のエルザの英語はとてもわかりやすく、由希がいちいち通訳しなくてもファイナリストたちはただちに円陣をつくった。しかしまだ何が始まるかわからず、ほとんどが緊張のあまり体をこわばらせている。そして場内にヒップホップの音楽が流れ始めた。

「さあ、歩きなさい」

エルザは言った。

「自由に歩いて動きなさい。出来る人はポージングしてもいいのよ」

十二人たちは思い思いに歩き始めた。あらかじめハイヒールを履くように言われていたから、みんな背筋を伸ばしまっすぐに歩いていく。しかし差は歴然としていた。モデル経験のあるコとそうでないコとでは、まるで動きが違っているのだ。

「ミカコ、外に出なさい」

「モモカ、あなたもよ」

驚くことにエルザは既にすべてのファイナリストの名を諳(そら)んじていた。

半分以上の女性が外に出され、円はいびつな形になっている。

「あなたたちは、みんなモデルをしていたわね」

全員が頷く。ＯＫ、とエルザは大きく頷いた。今日の彼女は白いシャツにベージュのパンツを組み合わせているが、大ぶりのイヤリングは忘れない。ちまちまと小ぶりのアクセサリーをつけたがる日本女性の感性がよくわからないと、由希は何度か聞いている。

「道理であなたたちの動きはよく出来てるわ。ポージングもきまっている」

女の子たちの何人かが微笑む。早くもポイントを得たと思っていたのだ。

「だけど忘れないで。ウォーキングなんて、レッスンすればすぐに身につくの。あなたたちはモデルをしていて、大切なことを忘れてしまっている。それは何だかわかる？」

　エルザが急に早口になったので、由希はついていくのに苦労した。

「あなたたちはモデルとして、服を見せることだけに気を遣ってきた。動くマネキンに徹して、へんな癖をつけてしまったのよ。いい、わかる？　これから二週間あなたたちがやることは、自分に血とパッションを通わせて、生身の魅力ある女性になることよ。わかった？」

　女の子たちは神妙に頷いていたが、何人かは不満そうに唇を曲げているのがわかった。今までの自分を否定されたような気がしたのだろう。

　その時、エルザの鋭い声がとんだ。

「ミツヨ、あなたは何か不満があるのね」

「いいえ、別に……」

「いい、はっきり言うわ。モデルなんて、この日本に何千人、何万人もいるでしょう。あなたはその中の一人にすぎないの。でもね、あなたがこれから目ざすものは、日本でただ一人のミス・ユニバース・ジャパンなの。それからミス・ユニバース・グランプリなのよ。あなたはたった一人になりたくないの」

「なりたいです」

「だったら、そのモデルウォーキングを徹底的に直しなさい。見せるものは、服じゃなくてあなたなのよ」

エルザの〝ユー〟という言葉があたりに大きく響きわたった。

次の日の朝、七時半。由希はタクシーを五台チャーターするようにと命じられた。

「いったいどこへ行くんですか」

「新宿駅よ」

「この時間、日本ではラッシュアワーっていう恐ろしい時間帯にあたるってこと、ご存じだと思いますけど」

「今年の女の子たちはとっても幼いわ」

その質問には答えず、エルザはひとりごとのようにつぶやき、ため息をついた。しかしそのため息は日本人のように静かに呑み込むのではない。外に向けて発せられた。

「自分が何に挑戦すべきかまるでわかっていないの」

やがてファイナリストたちを乗せたタクシーは、あっという間に新宿駅西口についた。八時少し前で、通勤客たちは改札口から吐き出され、また吸い込まれていく。由希は全員に入場券を渡した。

「さあ、みんな。私についてきなさい」

エルザは言い、階段を上り始める。それは山手線外回りのホームだった。ぎっしりと人で埋まっていたが、もっと多くの人間が電車の中にはいた。何百人という人々が電車から降りる。しかしそれと同じほどの、いや、それ以上の数の人間が電車に乗り込む。もうこれ以上は無理だと思ったとたん、サラリーマンたちはくるりと後ろ向きになり、無理やり自分の体を電車の中に倒すように入れていく。

「あれをご覧なさい」

エルザは大きな声で言った。

「あなたたち、こんな風な人生をすごしたいの？　勤めているならば、こんな電車はおなじみよね。それから学生だったら、もうじきこんな朝が待ってるのよ」

十二人の女性とエルザは、売店の横にぴったりはりつくように立っていたが、邪魔にならないわけはなかった。そうでなくても、ジャージーやデニム姿の美しい女たちと、ブロンドの外国人女性は否が応でも目立つのだ。

「このデカいネエちゃんたち、迷惑だよ。何でこんなところに立ってんだよ」

吐き捨てるように言ってのけるサラリーマンがいた。しかしエルザは全くひるむことはない。

「いい。だけどあなたたちが努力して栄光をつかめば、信じられないような人生が待っているのよ。世界中のセレブ、素敵なドレス、リムジンでの送り迎え……そんな物質的なことだけじゃない。あなたたちは、人から羨まれ、尊敬され、憧れられる存在になるの。いい、この満員電車に乗る人生とどっちがいいか、よく考えなさい。そして満員電車に乗る方がいいと思うんだったら、すぐに荷物をまとめて帰りなさい」

駅のアナウンスに負けまいとエルザは声を張り上げる。英語だからまだいいようなものの、こんなことがホームにいる人たちに聞こえたらどうしようかと由希は気が気でない。だからあえて訳さなかった。そしてその日の午後、一人が姿を消した。モデル組の女性だった。

「私は何も、贅沢な生活をしたり、有名人になりたいからミス・ユニバースに応募したのではない、と。トップディレクター、エルザの言うことにはついていけないそうです」

「いかにも頭の悪い女の子の言いそうなことね」

エルザはふんと鼻を鳴らした。こうすると白人の彼女は実に意地悪そうに見えた。

「私は人間のパッションについて話してやったつもりなのにね。まあ、いいわ。次点の女の子をファイナリストにすればいいだけなんだから……。世界のセレブに会うことが物質的ですって。まあ、そう言ってる限り、彼女は死ぬまで一流の人間と会話をかわすことが出来ない。三流の人間としか交わることが出来ない人間で一生を終わるのよ」

「そうですか……」

「あなた、三年前のミス・ユニバース・ジャパンの黒崎志麻を知ってるかしら」

「えーと、今、夜の情報番組に出てるあの人ですよね」

「そうよ。群馬の女子大に通ってたあのコを見せたかったわ。背が高いだけのおどおどしていた女の子だった。あのままだったら、彼女はただの田舎娘だった。だけど彼女はそのことがわかっていた。だから挑戦しなきゃいけないって全力を尽くした。だから今の彼女があるのよ」

「なるほど」

適当にあいづちをうちながら、由希はエルザの言う「今の彼女」を思いうかべた。真冬でも露出の多いドレスを着て、長い脚を時々挑発的に組み変える。MCの大物お笑い芸人と噂もあったし、その前はJリーガーとつき合っていたはずだ。「今の彼女」が、満員電車に乗り込んでいくOLよりも、はるかに素晴らしい人生を送っているかどうかは由希にはわからない。潔癖な若い娘だったらはっきりとNOと言うかもしれなかった。その比較にではなく、疑いもなく「今の彼女」が勝利していると口にする人間に対してだ。

その日の午後、ホテルのジムに行く前に全員水着に着替えるようにとエルザは命じた。

若く美しい女たちが、ビキニを着て、高いヒールを履いてずらりと並ぶさまは壮観であった。しかし由希から見ても、出来上がった体とそうでない体とがはっきりとわかる。モデルをしている女性たちは、ぜい肉のまるでない隙のない体をしているが、ぽっこりと下腹が出ている女の子も何人かいる。

「オー・マイ・ゴッド！」

エルザが大声をあげたが、それはぜい肉のためではないことがすぐにわかった。

「ミチル、あなた、ヘアが盛り上がっているわ。生地が薄いからはっきりわかるのよ」

「すみません……。こんなに早く水着になるとは思っていなかったので」

「ユリナ、あなたははみ出してるわよ」

「私も、まだ処理してなかったんです」

「私は信じられないわ。毎年毎年同じことで驚くのよッ」

エルザは大げさに首を振った。本当にイヤッという風にだ。

「日本の女の子って、明日海に行く予定がなければ、ヘアをちゃんと処理しないのよね。いい、あなたたちのヘアは真っ黒で硬くてゴワゴワしているの。だからものすごく気をつけなきゃいけないのよ。私たちはいつも剃るか、エステで脱毛してもらうわよ」

「えー。エステでですか」

ミチルが肩をすくめた。

「エステでするなんて恥ずかしいかも」

「何を言っているの。ビキニから、二、三本はみ出している方がずっと恥ずかしいじゃないの」

そしてエルザは、一人一人の体をたんねんに見ていく。それは検閲という言葉がぴったりだった。中には後ろ向きにさせられて、ヒップの肉に触れられる女性もいた。由希はふと子どもの頃読んだグリム童話を思い出した。捕まえた子どもの肉づきを確かめていく魔女がいたっけ。

「モモカ、あなたは私との約束、守らなかったわね」

エルザが鋭い声をあげた。

「予選の時、あなたに言ったはずだわ。ビューティーキャンプまでに五キロ痩せてきなさいって」

「すみませえーん」

村井桃花は肩をすくめながら、小さく舌を出した。

「ビューティーキャンプに入ってから頑張るつもりで、ちょっと気をゆるめちゃいました」

「まあ、いいわ。肉がついていたら痩せるだけなんだから。その代わりあなたには、二週間で五キロ体重を落としてもらうわ。出来るわね」

「はあーい」

桃花は答える。このファイナリストの中でいちばん年若い十九歳なのだ。受け答えに切実感がなかった。

「レナ!」

黒いビキニの女性の前でエルザは立ち止まる。真白い肌がぴくりと震えた。

「あなたは痩せすぎよ。日本の女性はたいてい痩せ過ぎだけれども、それでは人にアピールすることは出来ない。女にとっていちばんの魅力は、セクシーでゴージャスということなんですもの。体はグラマラスにならなきゃいけないのよ。モモカのように肉がついていれば削っていくことが出来る。だけど鶏ガラだと肉のつけようがないわね」

鶏ガラという言葉に、かすかなざわめきが起こった。そこまで言わなくても……という気持ちの表れなのだろう。

由希は佐々木麗奈の顔をちらりと見てしまった。大きな切れ長の目に、細い整った形の唇と文句なしの美人だ。ミスコンテストのファイナリストなのだから、いずれ劣らぬ美女ばかりだろうと最初は思っていたのであるが、よく見るとわかる欠点を持っている者もいる。プロポーションが抜群だと思うと、歯並びが悪かったりするし、本当に綺麗な顔をしていると思うと、脚がやや短かったりする。けれども麗奈の顔は全く難がない。そしてファイナリストの中でいちばんの長身である。日本代表は麗奈に決まるのではないかと由希は密（ひそ）かに予想していた。その麗奈のことをエルザは「chicken bones」と言ってのけたのである。「鶏ガラ」ととっさに訳し、由希は後ろめたい気分になった。だから午後はずっと麗奈を目で追っていくことになった。

その後はスピーチのレッスンだ。エルザの言うところの、

「日本女性がヘタでヘタでどうしようもない課目」

の稽古のために、専門の講師が派遣されている。そこでまず一人一人がスピーチをすることになった。どうして「ミス・ユニバースに応募したか」という基本的な質問に、二分以内で答えるという課題である。

まず熊本からやってきた二十四歳のピアノ教師が前に立つ。

「私はずっと以前から、ボランティアに興味を持っておりました」

胸に手をあてて喋り始めた。

「そこで私は、人間が互いに助け合うこと、尊重し合うことの大切さを習ったのです……」

おそらく予選大会に出る前にさんざん練習したのだろう。胸にじっと手をあて、一休止してこちら側の顔をじっと眺めたりする。

「そして私はこのことを世界中の人たちに伝えたいと、ミス・ユニバースに応募することを選びました。ミス・ユニバースに選ばれることにより、もっと世界を見たい。そして世界の苦しんでいる人たちのお役に立ちたいと私は考えたのです……」

私が審査員だとしたら、四十五点ぐらいかなと由希はぼんやりと考える。オリジナリティがないもの。ミス・ユニバース日本事務局に勤めるにあたって、過去のコンテストのビデオを幾つか見た。日本大会でも世界大会でも、女たちは同じことを言っている。「社会貢献」「世界交流」「ボランティア」……。もし本当にその気があるのなら、ミスコンテストに出るよりも、地雷撤去作業を手伝った方が、ずっと「社会貢献」への早道ではなかろうか。

いけない。どうしてこんなシニカルなことを考えるのだろう。自分は美女たちをサポートするためにここにいるのではないか。もしかすると、エルザに対する反発心が少しずつ芽生えているのかもしれないといささか反省した。

そしてスピーチが終わった。おざなりの拍手があり、次は十九歳の桃花の番になったが、まるでお話にならない。

「私には夢があるんです。それはいつか芸能界に入り、自分の名前がついた番組を持ちたいんですけど、えーと……」

何度もつっかえてしまい、

「これでよく予選を通ったわね。予選ではどんなことを喋ったのかしら」

講師は呆(あき)れ顔だ。しかし桃花は何もこたえていないようで、肩をすくめただけだ。しかしこの無邪気さに、女たちが微笑み、場にいくらか温かい空気が流れ始めたのは本当だった。

「次は佐々木麗奈さん」

という言葉に由希はどきりとした。

彼女は前に出ていくために、立ち上がり歩き始める。ロールアップデニムに九センチのヒールを組み合わせていたが、いささか流行遅れの感がないでもない。由希の見ている限り、ファイナリストたちのセンスのあるなしは半々といったところである。

「私は幼い頃、背が高いのがいやでいやで仕方ありませんでした」

麗奈は語り始める。手を動かしたり、大げさな抑揚をつけることもなかった。極めて日本人的に淡々と話す。

「中学校の時に百七十五センチとなり、その後まだ伸びました。皆からは大女とかキリンと呼ばれました。首が長過ぎるというのです。背が高いことがずうっとコンプレックスで、いつも前かがみになっていました。さっきエルザから『鶏ガラ』と言われましたが、そんな風なあだ名をつけられたこともあります。けれどもそれは仕方ありません。拒食症で本当に私は鶏ガラだった時期もあったんです。そして自殺を考えたこともありました」

講師が止めるかと思ったが、そんなことはしなかった。

「そんな時にミス・ユニバースのことを知ったんです。背が高いことは本当は美しいことで、カッコいいことなんだと初めて教えてもらったような気がしました。だから私はどんなことがあってもミス・ユニバース・ジャパンになりたいと思ったんです。ミス・ユニバースになったら、きっと私は救われると考えたからです。私がもし変われるとしたら、このことでしかないと信じているんです……」

時間オーバーよと、元CAの講師は逆手で遮った。

「それからネガティブなことは絶対に口に出してはダメよ。ミス・ユニバースは、ライトをあてられるために舞台に立つショーなんだから」

4

二人おいて谷口美優の番となった。このビューティーキャンプが始まりまだ丸一日しかたっていないが、他の参加者たちは美優に注目している。皆の視線が自然と彼女に集まるようになった。

それは彼女の有名私立医大在学という経歴によるものだ。ミスコンテストが美を競うものならば、それにプラスとしての要素がいろいろあるはずだということは誰でも知っている。それは過去の優勝者を見てもわかることだ。「東大在学中」「海外の有名大学卒業」「MBA取得」「医師」などという肩書きにマスコミは飛びついた。それを知っているからこそ、審査員たちもそうした女性たちに一票を投じる。だから美優はとても有利な場所にいることになるのだ。そして美優の持ってきたグッチのスーツケースやシャネルのニットというものは、皆の目を引くのに十分であった。あのエルザでさえ、美優にそうきつい言葉を投げかけることはない。

やがて順番がきて美優が立ち上がる。動きやすいようにジャージーのパンツをはいていたがブランドものらしく、綺麗なラインをつくっていた。

「私の夢は皮膚科医になることです」

美優はゆっくりと喋り始める。これも予選大会までにじっくりとトレーニングを積んだものと思われた。おそらくファイナリストに入ることは確実と、途中から特別にレッスンがついたのだろう。

「私は研修でアトピーに苦しむ子どもたちを何人も見てきました。彼らに笑顔が取り戻せるようにしたいというのが、長い間の私の夢でありのぞみでした。そして私は今、ひとつの夢を持っています。それは私がミス・ユニバースとなって、多くの人々を幸福に導きたいということです。ミス・ユニバースの使命は、世界中の多くの人々と会って、平和と友情を繋(つな)ぐことです。それは医師の仕事とも重なるのではないでしょうか。そうです。子どもだけでなく大人も、世界の人々を幸せにするということが出来るとしたら、こんなに素晴らしいことはありません……」

聞いていて由希は、彼女はおそらく上位に入るだろうと確信を持った。

この十数年間でユニバースのみならず、インターナショナル、ワールド、といったミスコンテストは大きく変貌を遂げつつあった。かつてフェミニズムの台頭によって、ミスコンテストは「女性蔑視」の象徴として非難されたことがある。ミス・キャンパスの多くは廃止され、大きなコンテストの会場にプラカードを持った活動家たちが現れた。しかし最近のミスコンテストは、

「美だけでない。知性と内面も競うもの」

ということになっている。だからスピーチも大層重視されるようになったのだ。

だからといって、知性などどうやって測るのだろうか。知能テストや教養の有無を問わないならば、高卒や名もない地方の短大卒の女性などよりも、有名大学や留学経験者の方がはるかにわかりやすい。医大生ならばなおさらだ。これからたぶんエルザは、彼女のことを「えこひいき」するだろうと由希はひとり頷く。

そしてそれはあたっていた。エルザは突然ホテルの部屋割りを変えたのである。最初同室の二人は、ごく大ざっぱに割りあてられていたのを、エルザは注意深く四組入れ替えた。美優はそれまで大分県出身のおとなしいＯＬと同室だったが、彼女が出ていき代わりに大野カレンが入ってきた。エルザが表参道でスカウトしたカレンは、売れないモデルをしているものの、伸びやかで華やかな容姿が、いかにもアメリカ帰りという雰囲気だ。カレンと美優という優勝圏内に入っている二人を同室にして、おそらくライバル心をかきたてようという意図だろう。

「ちょっと可哀想(かわいそう)かもね……」

広報のナミコがつぶやいた。

「女の子たちは、部屋にいる時だけがほっと出来る時なの。これからつらさと口惜(くや)しさを共有して、生涯の親友になるコたちだっているわ。だけどね、部屋に戻ってもライバル心むき出しのコがいるんじゃや、まるっきりリラックス出来ないわよね」

このビューティーキャンプまでに、カレンはさらに美しくなっていた。体を絞りエステにも通ったのだろう。肌の艶(つや)も違う。彼女もまたエルザに「えこひいき」されているのはあきらかだった。自分でスカウトしたという思いがあるのだろう。彼女だけを呼んで指示を与えていることも多い。

「もう上下違うインナーは着ていないのね」

由希がからかったことがある。スカウトの後、事務所にやってきたカレンに、エルザはいきなり服を脱ぐようにと指示をしたのだ。

あの時の情景は強烈なものとして、はっきりと由希の心に残っている。

「あれ以来、ブラとショーツはペアにしているのね」

「もちろん。彼に会う時ぐらい気を遣ってるわよ。いや、それ以上かな。彼なんかじっくり見ないですぐに脱がしちゃうもん」

カレンは真っ白い歯を見せて笑った。

「それにね、もっといろんなことがあったのよ。エルザってあれ以来、しょっちゅうケイタイに連絡してくるの。体重はどのくらい減ったか。トレーニングはどうなってるかとか。そうそう、日曜日の朝九時にね、いきなりマンションのチャイム押されたのよ」

「日曜日の九時に……」

「そう。うっかりインターフォンとって中に入れちゃった。エルザ、私にね、飯倉（いいくら）のアメリカンクラブのサンデーブランチを食べましょうって誘いに来たのよ」

「あら、いいじゃないの」

「ところがね。私は起きたてで、Tシャツにユニクロのジャージーパンツをはいていたの。そうしたらエルザ、お得意の、オー・ノー！　よ」

カレンが上手にエルザのもの真似をしたので、由希は噴き出してしまった。

「私は言ったの。『でもエルザ、私はひとり暮らしなんです。今日は彼も来ないし、他に誰もいないんですよ』って。そうしたらエルザはこう言ったの。『何言ってんのよ。あなたがいるでしょう。あなたが鏡や窓ガラスに映った自分を見るでしょう。その時あなたは、汚らしい自分を見ることになるのよ』ですって……」

「ふうーん……」

それは一理あるような気がした。

「あなたがいるでしょ」

男の人のためや他者の視線のためだけではない。女は自分のために美しくならなくてはいけないとエルザは言っているのだ。


キャンプ三日め、いよいよダンスのレッスンが始まった。これはコンテスト当日舞台で行なうパフォーマンスだ。脱落者の穴埋めに、二十一歳の女子大生が加わった。最初は三角形を組んだ一隊がやがて三人ずつとなり、最後は二列となり、また三角形に戻り決めポーズをとる。予想されていたことであるが、このセンターには最初は美優が、最後はカレンが配置された。

「もっとセクシーに」

ゲイのダンス講師よりも、大きな声をあげるのはエルザだ。

「どうしてあなたたちのダンスって、体操教室なの。スクールガールのような踊りで、どうしてみんなを惹(ひ)きつけられると思っているの。セクシーな気分を思いうかべなさい。もっと悩まし気な表情をうかべるのよ」

美優はダンスが得意ではない。振りについていくのが精いっぱいで、とてもセクシーな表情になるまでにはいたらなかった。カレンも踊り慣れてはいるが、ファイナリストの中にいる現役のダンサーにはかなわなかった。

その中で十九歳の桃花は、手足をいっぱいに伸ばしてのびのびと踊っている。まだあどけない顔からはセクシーのかおりもない。いかにも楽しそうに踊っていることに由希は好感を持った。最年少の彼女はスピーチとなると、最後は舌を出して誤魔化そうとしてエルザを激怒させる。しかし桃花の無邪気な言動が、このビューティーキャンプの空気を温かいものにしているのは事実だった。

「モモカ、ノー、ノー!」

エルザが両手を拡げ、やりきれないというポーズで前に出てきた。

「あなたの踊りは、クラブで夜遊びするスクールガール。どうしてもっと大人っぽく、セクシーになれないのかしら。踊る時はそんなにニコニコするもんじゃありません」

「こんな風にですか……」

桃花が色っぽく唇をつき出したので皆が笑った。

「モモ、ふざけるのは許さないわよ。あなたはそもそも体型からしてセクシーじゃない。太り過ぎている女は、セクシーからはもっとも遠いもんだわ。モモ、私はあなたに、ビューティーキャンプに入る前に、五キロ痩せなさいって言ったわね。だけどちっとも守ってなかったわね」

　その言葉は昨日も発せられたものだ。しかし桃花はさほどこたえていないようだ。

「はい……。キャンプに入ってから痩せようと思ってました」

「思ってただけじゃダメなの。でもモモはまだいいわ。太っていて小豚みたいになっても痩せればいいの。体を絞っていけばいいの。だけどむずかしいのは、ユリナ……、ちょっとこっちにいらっしゃい」

　ユリナは福岡出身の二十二歳の元会社員だ。ファイナリストに残り、ビューティーキャンプに入るために仕事をやめたとプロフィールには書いてある。もちろんスタイルのいい美人なのであるが、エルザはあまり買っていない。最初のウォーキングの時に、

「あなたはインパクトがない」

　ときつい言葉を浴びせたばかりだ。

「ちょっとここに立って。それから横を向いて」

　体の線が出るようにと指示されているので、ユリナはぴっちりとしたカットソーに、細身のパンツを組み合わせている。横を向くとほとんど胸がないスレンダーな体型がよくわかった。

「これはあなたたち日本人が理想とする体型よね。スキニー！」

エルザは吐き捨てるように〝スキニー〟と発音した。

「あなたたちは本当に痩せたぎすぎすした体が大好き。だけどこんなのはノー！　世界に行ったら何の価値もないわよ。女の体は曲線を描いていなきゃいけないの。胸は大きくたっぷりしていて、そしてウエストはきゅっとしてる。モモのような小豚もダメ。レナのような鶏ガラもダメ。だけど小豚はまだいいの。さっきも言ったけど絞って削ればいいんだから。だけどユリナみたいなのは最悪ね。どこに胸があるの？　どこに曲線があるの？」

ユリナは屈辱のあまりうつむいてしまい、通訳をする由希は気の毒でたまらない。せめてもと「最悪」という言葉を「よくない」と替えてみた。しかしある程度日本語を理解するエルザは、そのとたんきっと由希の方を睨んだ。

「ユリナ、あなたが日本代表になったらその体じゃダメ。日本の審査員はあなたの体が好みかもしれないけど、世界大会では一次予選で落とされるわね。だから豊胸手術を受けなきゃね」

「手術をですか……」

ユリナばかりではなく、他の女たちもざわつき始め顔を見合わせた。ミスコンテストは美容整形をしている女性は受け入れない、ということになっているが、それはあくまでもたてまえで、昔の話だと由希は教わっている。今のように整形がさまざまな種類にわたり、ボトックスやヒアルロン酸注入などが日常的になれば、禁止などということは到底無理だろう。エルザもそこのところは割り切っていて、

「ヘタな整形なら困るけど、上手に直してくれていればＯＫよ」

と公言している。ファイナリストたちの中にも、目や鼻を直している者は何人かいるはずだった。しかしこう面と向かって、

「整形を受けなさい」

と言われると、女たちは動揺してしまう。

「豊胸手術なんて今は簡単よ。あなたが世界大会を目ざしているなら、このキャンプが終わったらすぐにクリニックに行きなさい」

エルザはいつも命令形しか使わない。「Please」や「Could you?」という丁寧な英語は彼女の語彙には含まれていないかのようであった。

ユリナは、皆の前で、

「すぐに美容クリニックに行け」

と言われて全くなすすべがない。

「考えておきます……」

と極めて日本的回答をした。

「ああ、私なら考える前にクリニックに行くわ。さあ、すぐに手術を受けるか、それともスクールガールの体型のままコンテストに行くかどちらかよ」

次の日からユリナの姿が消えた。

「豊胸手術をしろ」

というエルザの言葉は、皆の心に大きな影響を与えたのは間違いない。中途半端な気持ちや体型のまま、コンテストに向かうことは許されないとエルザは言ったのだ。

急に誰もが寡黙になり、コンテストに向かうようになった。それがわかったのか、トレーニングは急に厳しいものとなった。

一階から十六階までを階段で十往復するようにとエルザは命じた。

「ウソでしょ」

「マジ！」

小さなざわめきが起こったが、エルザは全く無視した。

「あなたたちだけを歩かせないわ。私も一緒に歩くから」

そうなると由希も一緒に行かざるを得ないが、二往復してとても無理だとわかった。

一階で待つようにしたが、それについてはエルザは何も言わなかった。彼女も踊り場や途中の階段で見守ることが多かったからだ。励ましているのかと思ったがそうではないらしい。一人一人を注意深く観察しているのだ。

この過酷なトレーニングに、女たちの個性がはっきりと表れていた。

黙々と一歩ずつ階段を上っていく者。

小さなグループをつくり、声をかけ合いながら上っていく者。

降りる時はゆっくりと、上がっていく時はリズミカルに駆けていく者。

しくしく泣きながらも、十往復やり遂げた者。

そして六往復めにバタンと床に手をつき、

「私、もう一歩もダメ」

と叫んだ者に、エルザはやさしく声をかけた。

「よく頑張ったわね。でももう明日から来なくていいわよ」

午後からは、ジムに男性トレーナーが四人入った。メニューは信じられないものだった。

二十五キロのダンベルを肩にかついでスクワットを二十回。ベンチプレス十回を二回。

二の腕を鍛えるために十キロのダンベルを上下に動かし、その後は腰をおとして深く踏み込みながらのウォーキング。腹筋を八十回した後は、ランニングマシーンで三十分走った。

最初のウォーキングやポージングは、ミスコンテストに出るために必要だと誰もが納得できた。が、このアスリートのためのようなトレーニングには、釈然としない。しないながらも従いていくしかない。

あの階段往復でギブアップした大分のOLのように、エルザから、

「もう明日から来なくていいわよ」

と言われることをみんな怖れているのだ。

その夜、由希はホテルを出た。このホテルから十分ほど行ったところにコンビニがあるのをネットで調べていた。いつも読んでいる女性誌とガムを買うつもりだった。

店に入り雑誌売り場に向かおうとしたら、棚の陰からひょいと背の高い女の子が姿を現した。

「あ、ヤバッ」

肩をすくめた。カゴの中にはスナック菓子とピーナッツバターのサンドが入っていた。

キャンプ中はビュッフェ式の朝食しか出ない。昼と夕は自分で調達するのが原則だ。

「自分の食べるものは自分で考えさせる」

というのがエルザの方針であった。

ビューティーキャンプに入る前、ファイナリストたちは健康診断の他に血液検査もしている。そこで自分に何の栄養素が足りないかわかる仕組みだ。それに基づいて、管理栄養士が一人一人にアドバイスをしていた。たとえば桃花のような体型だと、

「野菜を中心にして糖質は控える。それから鉄分をもっと摂る」

などといったことだ。

ファイナリストたちは、ホテルのコーヒーハウスでサラダや魚の焼いたものを食べたり、デリカショップで一品料理を買ってきたりする。部屋にある電熱器でお湯をわかし、レトルトのスープを飲んだりする者も多い。節約のためにコンビニに行くことも許されたが、買うものは限られる。ナッツ類にサラダやチーズといったものだ。

しかし育ち盛りの桃花は、もはやそうしたストイックな食事にうんざりしていたのであろう。よく見るとスナック菓子の袋の他に、チョコレートも見えた。

「由希さん、このこと内緒にしてくださいね」

「ＯＫ。私は別にエルザのスパイじゃないんだから。だけどこういうもの食べてると、体重減らないわよ」

「わかってるんですけどね……」

二人は店を出てホテルへと向かった。敷地の入り口に小さなモニュメントがあり、二人はそこに腰をおろした。桃花は袋からピーナッツバターのサンドを取り出した。

「由希さん、食べますか」

「もちろん。私はスタッフでモモちゃんとは違うもの」

おどけてわざとこちら側の半分を大きくちぎりむしゃむしゃ食べた。桃花の気持ちをらくにするのと、彼女の食べるものを半減するためだった。

「本当に厳しいですよね」

小さくなった片方を頬ばりながら桃花はため息をつく。

「ビューティーキャンプって名前はキレイだけど、こんなにつらいとは思ってもみませんでしたよ。しごかれまくって死ぬかと思いましたよ。まるで自衛隊じゃないですか。行ったことないけど」

「ちょっと、まだ序の口だよ。あと十日間あるのよ」

「私、耐えられますかねえ……」

水銀灯の下でも、桃花の頬は輝くようだ。誰が見ても健康的な美しい娘であった。

「あの私、今回思ったんですけどねえ、エルザさん、やたらセクシー、セクシーって言うじゃないですか。ビデオ見たけど、私、あんな踊り方、好きじゃないな。あの、由希さん、タイへ行ったことありますか」

「バンコックなら一度あるけど」

「あの、私の男友だちが行って、バンコックのクラブで動画撮ってきたんですけどね。ポールダンスっていうんですか、女の子たちが体くねらせながら棒につかまって男の人を誘ってるんですよ。まあ、言ってみれば現地のコールガールっていうことですかね」

「ああ、それ、私も何かで見たことがある」

「私たちが習ってるダンスって、あのポールダンスとどう違うんですか。セクシー、セクシーってばっかり言うけど、矛盾してませんか。だってミス・ユニバースって、知性と中身が肝心なんでしょ。知性持ってる女の人が、どうしてあえぎ顔でセクシーダンスしなきゃいけないんですかね」

「これは私の個人的感想だけど」

由希は注意深く言葉を選んだ。

「エルザの考えている本当に魅力的な女性っていうのは、セクシーで美しい体の下に、知性や素晴らしい内面が宿っている人じゃないかな。ギャップがあって、いろんな要素を持っている女の人をゴージャスっていうんじゃないかしら」

「むずかしそう。私、もう降りたくなった」

「モモちゃん、ダメだよ。そんなこと言っちゃ」

「私ね、このままでも結構いけてると思うんですよね。相当可愛い方だし、スカウトされてモデルもしてるし。こんなつらい嫌な思いして、ミス・ユニバースになる必要あるんですかね」

「あるわよ。たぶん」

なぜか答えがすらりと出た。

「モモちゃん、その答えは終わらないと出てこないものだよ。とにかくやり抜こうよ。そうしたら答えがきっとあるよ。それを信じよう。私もそれを信じてこのキャンプをやってるんだもん」

5

キャンプが一週間たつと、エルザのえこひいきがはっきりとわかるようになった。

エルザは頭のいいコが好き。

エルザは英語が喋れるコが好き。

この噂は、女の子たちの間にも浸透していた。

いちばんの贔屓(ひいき)は大野カレンだと誰の目にもあきらかだった。エルザが表参道でスカウトしてきた彼女は、アメリカのシアトルのカレッジを出ている。卒業という経歴であるが、単なる語学留学だという者もいた。しかし英語が流暢なのは確かで、由希が聞いていてもかなりうまい。どういう言語を喋るかというのは、女性の外見にも影響していくことを、由希は自身も留学して知った。抑揚のあまりない日本語を喋る平坦な顔と違い、自在に英語を操る女の顔は、きゅっと口角が上がり、表情が豊かになる。いわゆる「外人っぽく」なるのである。

エルザからすると、これはとてもいいことだと言う。

「日本の女は、何を考えているかよくわからないって言うでしょう。ミステリアスって言う人もいるけれども違うの。表情筋がよく動かないのよね。日本語っていうのはとても静かな言語だから」

同じアジアでも、中国の人たちは口を大きく開けて発音する。だからとても騒々しい。

「パリでもニューヨークでも、中国人か日本人かはすぐにわかるわ。近づいてくる時の音量が違うもの」

しかしそうかといって、世界大会で中国人の女性が上位に入ることはあまりない。

「日本人の肌と髪の美しさは特別なの。それは世界中の人たちが認めているわ。だからもう少し、もう少しなのよ。私の言うとおりにさえしてくれれば」

きっと日本から世界一の美女を出してみせる、というのはエルザの〝悲願〟という情緒的なものではない。それは彼女が日本事務局のトップディレクターを引き受ける時の、スポンサーとの条件に入っているのだ。だからエルザは高額な報酬を手にしているのである。

そしてその「世界一」が実現するとしたら、それは大野カレンによってではないかというのが、いつのまにか事務方の女性たちの一致した意見となった。

「顔もスタイルも申し分ない」

とエルザが漏らした言葉が伝わっているのだ。

確かにファイナリストの中で、ひときわ目立つのが大野カレンである。長身のうえにモデルをしているせいで姿勢がよい。ウォーキングも完璧だ。何よりもアメリカ仕込みの華やかさがあった。

品のいい美しさの美優とカレンとが、日本代表を争うのではないかというのが、広報のナミコの意見であった。

「日本大会では美優の方がずっと有利だと思うわ。日本の審査員は、医学生っていう肩書きが大好きだし……」

今年の日本大会の審査員はまだ正式に決まってはいないが、五人のうちクライアント筋から三人入っている。後の二人は俳優と大手エステサロンの女性社長という、いわば〝美のプロフェッショナル〟だ。この人たちは世界で通用する魅力ということがわかっている。日本人が好む顔と外国人のそれとは差違があることを理解しているはずだ。問題なのは他の三人なのである。大スポンサーである化粧品会社、そして食品会社とホテルチェーンの社長たちが審査員席につく。誰もが五十代だ。彼らが、カレンをどう評価するかが鍵となる。

「たぶんその前に、エルザは彼らに向けて何かレクチャーすると思うわ。世界大会がどういうことなのか、について」

「それはカレンに投票しろ、って言うということですか」

「それはないわよ。ディレクターが特定候補についてあれこれ指示するのはフェアじゃないから」

だけど全国大会の審査員をやるような人はちゃんとしてるからまだいいの。これ以外の小さなスポンサーに、たちの悪いのがいっぱいいたの。ナミコが語る。

これはエルザがディレクターに就任するずっと前の話よ。今は全国大会の後にクライアントを交えてのパーティーがあるけれども、昔は大会の前に何度かあったの。言ってみればお金を出してもらうところに、ミスたちをお披露目するっていうことね。マスコミ関係者もいっぱいやってくる。これで何も起こらない方がおかしいわよね。目のくらむような美しい女たちが二十人近くやってきて、愛嬌（あいきょう）をふりまくんだもの。

テレビ局の男だと「新番組に使ってやる」。企業の男だったら、「CMに出してやる」と、いろいろな条件を持ち出すのよ。それをちゃっかり利用したコもいるけれども、すっかり悩んでいたコもいるの。前のディレクターは日本人女性だったけど、

「それはあなたの判断に任せる」

っていう姿勢だったのね。だけどね、クライアントが推して、上位に入ってくる女の子もいたのは事実よ。それをきっぱりやめさせたのがエルザだったの。

「ミス・ユニバースになるかもしれない女性が、ビールのお酌をするなんてとんでもないわ。彼女たちは日本だけにいるホステスっていう職種じゃないのよ」

と怒って、クライアントの交流パーティーを全国大会の直後にしたの。コンテストが終わったらみんなくたくたよ。十センチのヒールを早く脱ぎたいし、化粧だって落としたいわ。だけどね、エルザはそれを許さない。美しいままでパーティーに出なさいと命じるの。そこにもしかしたら大きなチャンスがあるかもしれないって。CMやタレントに起用されるかもしれないけど、それはコンテストの後だからフェアだって。いろいろ問題はあるけど、エルザはフェアなことが好きな人なのよ。彼女は階級社会のフランスで、高卒だけの学歴でここまで来たのよ。最初は小さなエステの店を始めてそれが成功したの。そしてミス・ユニバース本部のアドバイザーになり、やがて本部の目にとまった。自分ひとりの力で、ここまでやってきたエルザは、フェアなことが好きなのよ、基本的にはね。


八日め。ラッシュ時の新宿駅でのレッスンにも驚いたが、今回エルザが選んだのは渋谷のスクランブル交差点であった。ファイナリストたちを半分に分け、右の前方、左の後方からそれぞれウォーキングさせる。そして中央でおち合ったらポージング、という手順だ。皆十センチのヒールを履いているから目立つことこのうえない。新宿駅の時と同じように、多くの人から見られることとなった。

「何かの撮影ですか」

と何人かに聞かれた。

「さぁ、みんなスタート。ポージングは出来るだけゆっくりね」

駅側に立ってエルザは命じた。そして次の言葉を訳そうとして、由希は一瞬ためらった。

「もし警察に捕まりそうになったら、必死で逃げなさい」

「えっ、私たち捕まっちゃうの」

と桃花。

「もしもの話よ。さぁ、行って。この交差点をステージに見立てて、ゆっくりゴージャスに歩くのよ」

女たちは言われたとおりまっすぐに歩く。レッスンの成果は既に表れていて、全員ヒールでのウォーキングが出来るようになっている。

渋谷の交差点はいつものように人で溢れていた。若い女もたくさんいる。流行の服を着た綺麗な女も山のようにいた。しかし誰ひとりとして、ファイナリストのメンバーにかなう女はいなかった。

初夏の陽(ひ)ざしの下、十二人の女たちが交差点を渡る。そこだけスポットライトがあたっているようだった。みんな歩行者よりも頭ひとつ高い。が、目立っているのはそのためだけではなかった。彼女たちは既に美の威厳というものを身につけていたのである。

「なんてすごいの……」

由希は思わずため息をついた。

「なんて綺麗なのかしら……」

「でもパーフェクトじゃないわ」

傍らでキャップ帽をかぶるエルザは言う。

「この交差点で、皆が立ち止まって見惚(みと)れてしまうくらいにならないと駄目なの。ほら、みんなちらちらって横目で見るけど、そそくさと渡ってしまう」

「エルザ。それは日本人の特性ですよ」

「でもそれでは駄目。もっと人を圧倒させるものが必要なの」

結局十往復して、渋谷でのレッスンが終わった。が、タクシーを使って帰ることをエルザは許さない。十センチのハイヒールを、もっと自然に履きこなさなくてはならないと皆を注意した。

「ナツ、あなたは何度かつまずきそうになったわね。そのためにずっと下を見ていた」

「すみません。後半は疲れてきちゃって……」

「カメラマンっていうのはね、数キロのカメラを首からぶら下げることから始めるの。そうするとね。いつしか重さを認識しないようになっていくの。ヒールだってそうよ。訓練していけば、十センチのヒールもフラットシューズと同じように感じることが出来るのよ」

そう言いはなった後、自分は愛車のジャガーで帰っていった。その姿を見送ってから、皆それぞれ持ってきた靴に履き替える。やはり高いヒールは苦痛なのだ。

この後軽くお茶を飲みたいとねだる桃花を由希は無視した。カフェやフルーツパーラーに入れば、必ず甘いものが目に入ってくるからだ。

「モモ、さあ、帰るわよ」

その時、ハチ公の近くで三人の女子高校生に囲まれ、何やら書いているカレンがいた。

「どうしたの」

「サイン頼まれちゃって」

苦笑いしている。

「私が歩いている姿がものすごく素敵だったんですって。モデルさんですか、女優さんですかって聞かれて……」

「やっぱりカレンは綺麗だもの」

いつのまにか由希もエルザにならって、皆を呼び捨てにするようになっていた。

「カレンみたいに美人だったら、どんな望みもかなうわね」

「そうかしら」

「そりゃそうよ。芸能界に入るのもいいし、大金持ちの奥さんになるのもいい。ミス・ユニバースのファイナリストになったんですもの。その肩書きで何でも出来るじゃないの。カレンのことだから、なんか起業をしそうな気がするわ」

「私が……」

「ええ、そうよ。カレンは頭もいいし、英語も完璧だわ。今の日本、英語を喋る人はいくらでもいるけれど、あなたくらい美人はいない。ハーフは別としてね。だったら何でも出来るじゃないの」

「由希さんって、わりとありきたりな考え方をするんだ」

「そうじゃなくてさ。私、ここに勤めるようになってから、美しさっていうのは力とか可能性だって思うようになった。素直に。今まではちょっとひねくれた考え方をしてたかもしれないなァ。だけどここに来たら、カレンみたいな女の子がいて、美で世の中ねじふせるぞってパワーをはなってる。それはもちろん頭がよくなきゃだめでさ。そういう人たちをこんなに間近で見ていると、すごいなァと思う。ミス・ユニバースをチャンスにして、何でも出来ちゃうんだろうなァって感心してるんだ」

さっきのスクランブル交差点での感動を、どう言ったらいいのだろうか。エルザは「まだまだ」と言っていたけれども、長い脚をまっすぐに伸ばして歩く女たちは、はっきりと眩しい光をはなっていた。その光を持っていればどんなことだって可能だろう。人々はその光にひれ伏すだろう。

「由希さん……、ちょっと原宿まで歩かない」

「うん。いいよ」

渋谷駅から電車に乗らず、二人で明治通りを歩いた。カレンは靴を履き替えていたものの、やはりピンヒールだ。ウォーキングのために脚がはっきり見えるミニをはいていて、紺色のシンプルなワンピースが、カレンの美しさをひきたてていた。初めて会った時よりもカレンはずっと洗練され綺麗になっている。エルザの言うとおり体を絞り、髪を染めるのをやめて伸ばしている。真っ黒な長い髪は、カレンを「ただものならぬ美女」に変えた。渋谷から原宿にかけての道を、おしゃれな女たちがたくさん歩いていたが、すれ違いざまに必ずといっていいほどカレンを凝視する。羨望と嫉妬のからまった視線。それにひきかえ男たちはもっと単純だ。遠慮なしに賞賛のまなざしをおくる。

「私ね、信じてくれないかもしれないけど、美人であることのメリットを探すために、モデルになって、それからミス・ユニバースに挑戦していると思う」

「えっ」

意味がわからない。カレンほどの女だったら、生まれつき美による特典に溢れていたのではないだろうか。

「あのね、由希さんって、男の人にモテてわりとちやほやされてたでしょう」

「そうかもしれない。ああ、中学校の時からいろいろあったわね」

「これって怒らないで聞いてほしいんだけど、由希さんってまあまあ美人よね。でも背の高さもふつうだし、ミスコンに応募するほどじゃないわよね」

「ハイ、確かに認めますよ」

「そういうのっていちばんいいポジションだと思うの。そんなに特別じゃない美人。ふつうよりちょっと上くらいの美人って……」

私の話、どうかヘンな風にとらないで。あのね。モデルっていうのは、モデル以外に友だちをつくらないのよ。街で見ててわかると思うけど、モデルってたいていてい一緒でしょ。

群れてるでしょ。どうしてかっていうとね、ふつうの女の子たちとつき合うのはめんどうくさいのよ。モデルになるくらいのレベルだと、みんな結構つらいめにあってる。よくね、金持ちな実業家につかまってたり、Jリーガーやタレントとつき合うのがモデルって思われているけれども、ああいうコたちは本当に一部。屈託のないコたちよ、美人であることのメリットを十分にわかっているコたち。明るいの。でも私はそうじゃない。

小学校高学年の頃から、背がどんどん伸び始めたわ。中学に入った時は百七十センチになってしまった。うちは父親が税理士で事務所をやっていて、そこそこ裕福だった。だからね、女子大の附属校に中学校から入れられたの。お嬢さま学校として有名なところよ。共学だったら、もっと違った感じになったかもしれないけど、女ばっかりっていうんでヘンにねじれちゃったのね。

上級生から呼び出されたり、下級生からはラブレターをいっぱい貰ったの。まるで宝塚の男役みたいなものよ。先生からは目をつけられて、

「大野さんは派手過ぎる」

って言われるの。でも私は何もしてやいないのよ。髪だって染めてないし、スカートの丈だって守ってた。だけど私が着ると、ダサい制服もカッコいいものになってしまうの。でもそれは私のせいじゃないわ。脚が長くて腰が高いなんていう体は、自分でつくり出し

たもんじゃないもの。

先生にあれこれ言われて、私は学校がだんだん嫌いになっていった。友だちもいなかったしね。あの年頃の女の子ってビミョーでしょ。憧れられるか、嫌われるかのどっちかよ。美人っていうだけで「性格が悪い」って決めつけるの、よくあることだけど。勉強もしなかったから成績もひどいもんよ。

決定的だったのが学園祭よね。うちは女子校だから、近くの男子校の男の子がいっぱいやってくるの。焼きそばの屋台で私は一生懸命焼きそば焼いてたの。そうしたらすごい行列が出来てるの。私をひと目見ようっていう男の子たち。

「大野さんが前面に出ると大変だから」

って言われて、私はバックヤードで玉ねぎの皮むいたり、キャベツ切ったりしたわ。そしてね、学園祭が終わって校門を出たらびっくりよ。私を〝出待ち〟している男の子が五、六十人並んでるの。そしてまた学校の先生から叱られた。私に隙があり過ぎるって。

私はそれでこの学校がつくづく嫌になってしまった。いい思い出なんかひとつもない。父親に頼んだのよ。もうあの学校嫌だ。留学したいって。

アメリカに行って、やっと自由になれた。私ぐらいの身長の女はあたり前だし、美人かどうかアメリカ人にはよくわからないものね。私みたいなタイプは、あちらの二世三世によくいるから、そんなに目立たなかったはずよ。やっと恋人が出来て嬉しかった。だけどね、つき合っているうちに、外人はやっぱり違うかなって。日本人じゃなきゃわかり合えないことがあるなアって考えちゃって日本に帰ってきた。親からもうるさく言われたしね。

日本に帰ったら二日後には表参道でスカウトされたわ。高校時代もさんざん声かけられたのに、どうしてあの時事務所に入ろうと思ったのかわからない。なんか一生懸命ふつうになろうとしていた自分にあきあきしていたのかもしれない。そしてまたエルザに声をかけられた。ミスコンだって昔の私だったら絶対にのらなかったと思う。

美人に生まれたからって、何もいいことなかった。嫌なことの方が多かったって言ったら、女の人たちに石投げられるわよね。ふざけんなって。だけどこれは本当のことなの。でも誰も信じてくれない。由希さんにも信じてくれなんて言わない。エルザは私に言ったのよ。

「あなたが日本代表になり、そして世界一になったら、あなたが美しく生まれた意味がきっとわかるわ。だから全力を尽くしなさい」

って。私はそれを知りたいの。そうでなければ、少女の頃に無視されたり、いじめられた意味がわからない。それから私はこの先、どう生きていっていいのかわからない。だから私はどんなことをしても日本代表になって世界大会に出場したいの。

6

九日め、テレビ局の取材が入った。これは急に決まったことだ。情報番組の中で、

「世界一の美女をつくる」

というかなり長い時間のコーナーを流すという。これはエルザの人脈によってかなったものだ。テレビ局にエルザとても仲のいいプロデューサーがいるという。ビューティーキャンプの五日間の密着取材の他に、選考会の様子も撮影するというのでエルザは大張り切りだ。

「これでファイナリストたちの意識もぐっと変わるはずよ。テレビカメラのレンズというのは、飛躍的に女の子を変えるものなのよ」

何年か前まで、ミス・ユニバースの日本大会は朝日放送で全国放映されていた。宝田明が司会をしてそれなりの人気があったのだが、例の〝ミスコン反対運動〟の時代の流れでなくなってしまったのだ。だからこういう風にメディアに取り上げられるのは素晴らし

いことだとエルザは力説するのであるが、広報のナミコは違う意見だ。

「取材っていうのもよし悪(あ)しなのよねぇ……」

由希に漏らした。

「前に週刊誌の密着取材があった時もそうだったけど女の子たちが動揺するのよ」

「えー、そうなんですか」

「マスコミの男の人たちっていうのは、女の子の好みを露骨に出すのよ。自分の好きなタイプを追いかけまわす。するとね、他の女の子はあんまりいい気分じゃなくなってくる」

テレビ局のクルーはみんなで五人。カメラマンと音声と照明、そしてディレクターの田(た)代(しろ)という男とアシスタントの若い女がいた。彼女はどうしてこんなタイプのコが、ミス・ユニバースの取材に加わるのだろうかと思うくらい太っていた。太り気味というレベルではなく、腰まわりはまるで相撲(すもう)取りのように堂々としている。こんな体型なのでおしゃれにはほど遠く、野暮ったい赤いカットソーに、霜ふりの生地のタイトスカートを合わせている。ディレクターやカメラマンから「ユリ」と呼ばれていた。

「あのコ、ミス・ユニバースの取材の仕事してて、イヤにならないのかしら」

ナミコにそっとささやくと、

「別に気にもなってないんじゃないの」

とそっけない答えが返ってきた。

「テレビの仕事している人の中に、すんごいデブとかブスの女の子って必ずある割合でいるわね。もちろんテレビ局の社員じゃなくて、プロダクションの下っ端のコ。コンプレックスや憧れから、あえて派手な場所に身を置きたいんじゃないかしら」

「それにしたって、ミス・ユニバースの取材に来なくっても……」

「仕事だからって割り切っているんじゃないの」

ユリは田代の言うとおりこまごまと働いていた。フレームに映る邪魔なものを片づけたり、カメラマンの助手のようなこともする。太った体に似合わずすばやい動きだった。

クルーは、朝食の時からファイナリストたちを映し始めた。ビューティーキャンプは、朝食だけは用意されている。管理栄養士が考えたサラダに玄米、白身だけのスクランブルエッグ、ヨーグルト、フルーツといった献立だ。それをファイナリストたちは好きなだけ皿に盛っていく。もっと痩せなくてはいけないとエルザからきつく言われている者は、サラダとスクランブルエッグだけ。もっとグラマラスな体型にしろ、と言われている者は玄米をたっぷりよそっている。

朝の七時といっても、彼女たちは皆きちんと化粧をし、髪を結い上げている。朝食だからといってだらしない寝起きの顔で来ることをエルザは許さないからだ。そのためにみんな朝の五時に起き、シャワーを浴び髪を洗わなくてはならない。これがひと苦労なのだ。バスルームの使用をめぐって、同室の女との諍いが増えていく。しかしテレビカメラの前では皆楽しげに軽いお喋りをかわしながら、ヨーグルトを食べたりしている。いつもよりみんな笑顔をつくっている。

「いやあ、これだけの美人が揃ってご飯を食べている光景は壮観ですね」

ディレクターの田代が、ごく率直な感想を漏らした。四十前後の何の特徴もない中肉中背の男だ。否が応でも目をひく肥満したユリとは対照的だ。

「朝はすべての始まりですもの。とにかく美しい顔と体で、晴れやかにテーブルに着きなさいって私は言っているの」

エルザの言葉を由希は通訳した。テレビカメラを意識してか彼女も服装に気を遣っている。彼女の大好きなパープルのニットに、真っ白いスキニーパンツを合わせていた。

「えーと、今日はどういうスケジュールでしたっけ」

「この後はみんなそれぞれ、ジムで筋トレをしたりウォーキングをしたりします。それからスピーチの練習も。ランチを摂った後はドレスリハーサルと水着でのレッスンがあります」

「水着のリハーサルですか。いいですねぇ」

田代がこれまた正直な感想を漏らした。

ファイナリストたちが、大型スーツケースを二個携えてビューティーキャンプに参加したのには理由がある。普段着とは別にレッスンのために十センチ、十四センチのハイヒール、そしてロングドレスを持ってこなければならないからだ。

十二人のファイナリストたちはドレスに身をつつんでポージングした時、由希はいたましいものを感じた。

「これじゃあ、あんまり差がつき過ぎる……」

モデルの女たちは別にして、ほとんどの者がロングドレスには慣れていないのだ。それだけではない。ドレスの優劣があからさまなことに由希は嫌な気分になる。十代、二十代の女性がロングドレスを持っているわけもない。中にはどこで買ったのかてらてらした光沢の安っぽいものがあった。そうかと思えば、オーダーしたのかと思うほどシルエットと生地の美しいものがあった。

コンテスト当日に使用するドレスは、スポンサーとなっているフランスのブランドから提供されることになっている。一流半といったクラスだが、生地とカッティングはさすがであった。しかしそれまでは、ファイナリストたちは自分で調達したロングドレスを着なければならなかった。そこには家の経済状況がはっきり表れている。

「ミス・ユニバースに応募するにはお金がいる」

と言われるのはそのためなのだ。

由希から見ても、いちばん豪華なドレスを着ているのは医大生の谷口美優であった。父親が大きな皮膚科クリニックの院長である彼女は、バラ色のドレスを着ていたが、胸元を飾るシフォンやビーズがいかにも高価そうだった。

彼女と並んで優勝候補とされている大野カレンは、あっけらかんと、

「どうせ本番は素敵なドレスを貰えるんでしょう。ロングを着こなすためのレッスンに使うんだから」

と言いＺＡＲＡのベージュのドレスを着ていたが、シンプルな形が彼女ののびのびした肢体をひきたてていた。

可哀想なのは十九歳の村井桃花だ。フリルのついた赤いドレスは、浅草の問屋で買ったものだという。これにはエルザが露骨に嫌な顔をした。

「だって仕方ないでしょう。本当にお金がないんだもの」

桃花はペロリと舌を出した。

「ねぇ、由希さん。私みたいな年の女の子にロングドレスを持ってこいって、かなり無理

があると思わない」

「そりゃ、そうだ」

「でも優勝して日本代表になれば、事務局から何百万円も支度金が貰えるんだよね。ドレスもいっぱい買ってもらえるんでしょ」

「ええ、そうよ」

由希は昨年の日本代表の近藤沙織を思い出した。完璧なまでの美貌とプロポーションであったが、何よりも由希を驚かせたのは女王のような気品と威厳であった。優勝して日本代表に選ばれた女は、一年かけて世界大会のために磨きに磨かれる。ミス・ユニバースの日本事務局からかなりの大金が出て、すべて彼女一人のために使われるのだ。一流のトレーナーと管理栄養士がついて、徹底的に食事と肌の管理をする。そしてたくさんの衣裳も提供されるのだ。

「由希さん、私さ、優勝したいなァ。このビューティーキャンプに入る前はさ、ファイナリストに入っただけでもラッキーって思ってたんだけど、なんかここんとこ本当にいちばんになりたいと思うよ」

桃花は何かを見つめるように顔をあげた。薄くファンデーションを塗った肌は艶々と輝いていた。それはカレンも美優も持っていないものだ。

「そういえばモモちゃん、この頃コンビニでジャンキーなもの買ってないんじゃない」

「そうなんだ。ちょっと私、心をあらためたんだ」

桃花はよく言えば天真爛漫（らんまん）、悪く言えば奔放過ぎるところがある。売れないモデルをしていて応募してきたのだが、ビューティーキャンプに入る前にあと五キロ痩せるようにエルザから厳命を受けた。しかしそれを守らないどころか、キャンプに入ってもコンビニでピーナッツバターのサンドやチョコレートを買っているところを由希に目撃されている。が、この二、三日さまざまなレッスンに真面目（まじめ）に取り組むようになった。

「あのさ、私のうちって両親が離婚して、お母さんが一人で私を育ててくれたんだ。結構苦労してさ。私さ、この頃芸能人になってお母さんに親孝行したいってマジに考えるようになっちゃってさ。女優って柄じゃないけど、バラエティに出るタレントって私に向いてるって思わない？　そうなるとさ、やっぱりミス・ユニバース日本代表って肩書き欲しいじゃん。そのタイトル、もしかすると手に入るかもしれないのにさ、頑張らない自分ってバカだと思うようになった」

「なるほどね」

「考えてみるとさ、私って昔から可愛いとか、スタイルいい、って言われたわりにはさ、自分のキレイさ、ちゃんと使ってこなかったような気がする。なんかさ、中学生の時から、男の子に好き、とか言われるとすぐヤラせちゃったりして……」

「ちょっとォ……」

「でもそれホント。モデルの友だちだって、頭のいいコはちゃんとしてるもん。金持ちのカレシいるしさ。だけど私って、今ひとつ仕事もパッとしないし、つき合ってるカレシも貧乏人ばっか。プレゼントされたこともないし、なんもいいことないしさ。私って自分のキレイさ、ちゃんと使いこなしてないような気がするんだ」

「でもちゃんとミス・ユニバースに応募したんだからエラいよ」

「そう。やってみたらって何人か事務所から言われたけどさ、私だけあんまりやる気なくって。でもさ、ふと思っちゃった。このまま売れないモデルでいいのかなって。ここはいっちょよチャンスかな。人生を変える時かもしれないって」

その桃花が赤いドレスを着て、今、由希の前を通り過ぎる。あれっと思わず小さな声を出していた。最初にドレスを着てレッスンした時とまるで違っていたからだ。

ドレスは野暮ったく、生地が悪いためにてらてらしている。しかし、それを着ている桃花はポージングで光を放っていることに由希は気づいた。ワンショルダーのドレスのため左の肩がむき出しになっていたが、その鎖骨のあたりがうっとりするほど美しい。わずかの間に全体のシルエットが変わっているのだ。本人の努力もさることながら、大きく変化する年頃らしい。

「あの赤いドレスのコ、すっごくいいね」

田代がユリに話しかけている声がした。

夕方からは水着を着たリハーサルだ。

ビキニを着て歩き、ターンして中央でポージングをする。会場となる宴会場には緊張が走る。ミスコンテストでは、水着審査がいちばん重要な鍵となる。女たちはほんのわずかな布で覆った体を、歩いてじっくりと見せなくてはならない。すべての形が、すべての線があらわになる。

しかし同性の由希が見ていて、いやらしい思いを持たないのは、歩く女たちが、ぜい肉や弛みとは無縁だからだ。これがふつうの女たちだとしたら、全く違うものになっただろう。

絞ってきちんと整えられた体には、羞恥というものが宿らないということを女たちは本能で知っているのだ。

カレンは黒いビキニを着ていた。丸い尻と長い脚は惚れ惚れするほどだ。バストも大きくて申し分ない……と目で追っている自分の姿に由希ははっとする。

いつのまにか同性の体を冷静に値踏みしている自分がいる。まるでパドックに出される馬の毛艶を眺めているように……。

そして三人おいて美優が歩いてくる。モデル経験のない彼女は、ウォーキングがいまひとつだ。歩く時に膝が少し曲がってしまう。腰も上下する。しかしこのビューティーキャンプの間に、きちんと歩くようになるに違いない。カレンと争う優勝候補と見なされて以来、美優にはほとんどつきっきりで講師がついているのだ。

美優のビキニは、ドレスと同じ濃いピンクだ。それが彼女の白い肌をひきたてていたが、由希の見たところ胴がやや長いかもしれない。ふつうの女に比べれば素晴らしいプロポーションなのであるが、カレンの長い脚と比べてしまうと美優の体は平凡に見える。ぎこちなくはにかんだ笑顔だ。しかし、

「このコ、めちゃくちゃ可愛い」

と田代が小さく叫ぶのが聞こえた。ナミコの言うとおり、美優は日本の男が大好きなタイプなのだ。しかし今まで世界大会では、それで何度も苦汁をなめさせられてきた。日本人好みの清楚(せいそ)な愛らしい娘は、世界でまるで受けないのだ。

もしかすると今度の日本大会で、エルザは行動するかもしれないという。審査員たちに向けて自分の思いを話すかもしれないという噂だ。

なんとかして世界一の美女を出したい。そのためには日本人審査員たちの美の基準を変

えてもらわなくてはならないのだ。ひかえめで美しい女よりも、ゴージャスで力強い女。人の心の中にぐいぐいと入り込んでくる女。そうでなければ世界大会でファイナリストの中に入ることさえ出来ないのだ。そういうことを審査員に訴えるだろうとナミコは言う。だがエルザのことだ。世間話的にさりげなく、などということは無理だろう。

「するとさ、彼女に反発してまるっきり別のタイプに投票する男の人、多いかもしれないね。エルザって、日本的駆け引きがまるで出来ない人だから」

そんなことを思い出した。

そして最後から二人めの出番だ。列から桃花が歩き始めた時、由希は明るい光が近づいてくるような気がした。銀色のビキニを着ていた。フレンチポップのリズムに合わせて、笑顔で歩いてくる。モデルだからウォーキングは得意なのだが、さらにうまくなっているような気がする。それよりも変わったのは、自分の内側から光を放つすべを身につけたことだ。

エルザがさんざん注意することであるが、

「モデルは服を見せて、自分を見せることを知らない」

しかしいつのまにか、桃花からは、

「私を見て、見て」

という声が聞こえてくるようになった。長くてまっすぐな脚。そしてきゅっと上がった尻、豊かな胸がビキニのブラの中でゆさゆさ揺れている。ウエストラインがなだらかで極端なくびれではないのが、彼女の若さを表しているようだ。

「このコ、いいね、いいね」

美優の時よりももっと田代は興奮していた。

カメラマンが近づいていき、無遠慮になめまわすように桃花を撮る。中央で腰に手をまわしポージング。

「サトウちゃん、もっと寄って」

それもテレビカメラはしっかりととらえていた。おかげで最後の一人がすっかりかすんでしまったほどだ。

皆のウォーキングが終わった後、エルザがつかつかと桃花に近づいていった。

「モモ、まだこれがあるわ」

ウエストの肉をぎゅっとつかんだ。

「これをあと二センチなくしなさい」

白けた空気があたりに漂った。エルザがテレビ的な〝絵〟をつくるために桃花を叱っているのはあきらかだったからだ。

「あと一週間でウエストをつくるの。わかるわね」

「はい！」

「じゃあ、もう一度同じ動きをしましょう」

テレビカメラはもう全体を撮るのはやめた。ぴったりと桃花についていく。田代はすっかり彼女に魅せられてしまったようだ。

女たちの表情が硬くなっているのがわかる。今まではエルザのえこひいきだけに耐えればよかった。しかしこれからはテレビカメラというえこひいきが始まる。それはエルザよりももっと露骨で厚かましかった。

そしてカメラに最も好かれることになった桃花の頬はみるまに上気し、何度も微笑む。彼女はあっという間に浮上してきたのだ。

7

テレビカメラの〝えこひいき〟が始まってから桃花はさらに美しくなった。

ディレクターの田代は、もう遠慮はしない。桃花を中心にした絵づくりをするようになった。

十九歳の彼女はスピーチが苦手だ。「私の夢」というタイトルで話す時、自然に早口になる。それは本心から出たものではないからだ。キレイごとを言っているのに照れているからに違いない。

「私の夢。それはミス・ユニバースとなって世界中の子どもを救うことです。私は少女の頃から子どもが大好きで、いつかは幼稚園の教師になりたいと思っていました。けれどもそれはいろいろな事情でかなわぬこととなりました。私にとって初めてのつらい挫折の日々でした。……そんな時、私はテレビのドキュメンタリーでフィリピンの子どもたちを見たのです。ゴミの山の中で必死に働く子どもたちを見た時涙が溢れ、どうやったらこの子どもたちを救えるんだろうかと考えたのです。もし私が美の大使であるミス・ユニバースとなったら、きっと大きな力を得られると思って、それで応募して……、えーと」

途中でつっかえてしまった。

「いけない」

と舌をぺろりと出したのは、エルザがその場にいなかったのと、テレビカメラを意識してのことだ。

「ああいうとこが可愛いいんだよなぁ」

田代はたまらん、といった様子で首を横に振る。

「あのコ、絶対にイケるよ。タレントになったらかなりイケると思うよ」

「本人もそのつもりですよ」

由希はそっけなく言う。テレビカメラがファイナリストたちの心を乱すというのは本当だった。撮影クルーがやってきてからというもの、小さなトラブルが山のように起こっている。

桃花ひとりが目立つようになってから、まわりが苛立っているのを由希は感じている。いちばん若くて無邪気な桃花のミスを、それまではみんな笑って見過ごしていたのであるが、今はそうはいかない。

「ちっ」と大きな舌うちをする者さえ出てきた。しかしまわりから浮き上がり孤立することにより、桃花はさらに輝きを増していく。ウォーキングの稽古場は、今や彼女のワンマンショーの場と化している。

「僕考えてるんですけどねぇ」

田代が立ち会う由希に話しかけてくる。

「このミス・ユニバースのドキュメント、日本大会も撮って一本の番組にするはずだったんですけど、どうですかね、『日本大会前のビューティーキャンプ』っていうことで、夕方のニュースに流すのは。日本大会のいい宣伝になると思うんですけど」

「そうねえ……。エルザに聞いてみます」

この何年か、ミス・ユニバースの日本大会は、東京国際フォーラムのホールAで行なわれている。五千円から五万円の入場料をとって五千の客席を埋めるのはかなり大変なことであった。毎年必ず来てくれる熱心なファンもいるし、スポンサーも多くのチケットを買い取ってくれるが、それでも空席はかなり目立つ。それはなんとか避けたいと、エルザはこうしてテレビの取材を受けているのであるが、ドキュメンタリーのために放映は大会の後になってしまう。それならばビューティーキャンプをニュース番組の話題として、大会前に流してはどうかというのが田代の提案だ。

案の定、エルザは即座にＯＫした。人気のあるニュース番組で、ベテラン女性キャスターが取り上げてくれるというのも気に入ったらしい。

「でもきっと桃花が主役になると思いますよ」

由希が言うと、

「それがどうしたの？」

エルザは黄緑色の大きな目でじっと由希を見返す。

「テレビの画面で、あのコはとてもチャーミングに映るの。それでいいじゃない。日本大会のステージでは、別の誰かがいちばん魅力的かもしれないもの」

「でも、テレビの人たちが彼女をあまりにもちやほやするので、他のファイナリストたちは桃花のことをあまりよく思わなくなってるようにみえます」

「まあ、くだらないこと」

エルザは大げさに肩をすくめた。

「いい？ビューティーキャンプは友情や思い出をつくるところじゃないの。昨日(きのう)よりも今日(きょう)、今日よりも明日(あした)、自分をぐっとアップさせるためにあるのよ。いちばん短距離でね。ライバルは他のファイナリストじゃない。自分なのよ。わかる？」

「ええ、まあ……」

「だからここで人に嫌われてもいい、って私は言ってるの。もちろん卑怯なことをしてはダメよ。だけど目立つからって人に憎まれたりしたらしめたもんよ。いい、ここで仲よし見つけるのと、ミス・ユニバースの王冠もらうのとではどっちがいいかしら」

「そりゃあ、そうですけど。桃花はもともとみんなに好かれる人気のあるコだったんですから、今の立場はちょっとつらいかなと思うんです」

「人に好かれるですって！」

エルザは喉をのけぞらせて笑った。いや笑っているふりをした。

「ビューティーキャンプでみんなに好かれるですって？　それはね、彼女がどうでもいい存在だからよ。もしモモが今、みんなからうとまれる存在になったとしたら、それは彼女が強力な優勝候補になったっていうことよ。モモにとってはむしろ喜ぶべきことよ」

「そうでしょうか」

「私は思うの。日本の大半の女の子というのは、とてもやさしくて気持ちがいい子たちだわ。このビューティーキャンプに残った女の子たちは仲よくなって、よく同窓会を開くわよね」

「ええ、聞いたことがあります」

その中の何人かのＯＧたちが講師となり、キャンプを手伝っているのである。

「みんなここで友情を得た、なんて言ってるわ。私も表向き、そういうのを歓迎してるふりをしているけれど、心の中ではおお、とんでもない。ここはガールスカウトのキャンプじゃないわって、いつも叫んでるのよ」

エルザのフランス訛りの英語が急に早口になる。毒舌が始まるらしい。

「私から言わせると、日本の女の子たちは甘ったるいの。野心をむき出しにすることをとても怖(おそ)れている。欲のないふりをしていれば敵をつくらないと考えているんだわ。あのね、ユキ、どうして南米からしょっちゅう世界一が出てくるか、あなた、わかる？」

「それは、美人の産出国だからじゃないですか」

「違うわよ。あそこはね、美人であることが世界一価値があるところなのよ。南米の貧しい国じゃね、綺麗な女は気をゆるめれば売春婦になるしかないのよ。そのかわり頑張ってミスコンテストの優勝者になれば、日本とは比べものにならないほどのごほうびが待ってるのよ。あちらはミスコンテストの優勝者は英雄なの。大金が入って一族にいたるまでみんな潤うのよ。だから彼女たちは必死よ。ライバルを蹴落とすためならどんなことでもするの。私はね、私の娘たち……」

エルザは時々、こんな言い方をする時があった。

「マイ・ドーターズ」

私の娘たち、その言葉がどれほど本気か由希にはまだわからないけれども。

「私の娘たちに、ベネズエラやグアテマラの女たちのようになれと言うつもりはないわ。私はね、日本の女の魅力は、十分世界に通用すると思っているの。いいえ、通用させるわ。だけどね、仲よしごっこしている限りはね、日本の女の子たちの中からいつまでも世界一は出ないのよ」


高速道路での小さな交通事故を伝えた後、ショートカットの女性キャスターの表情がふっとゆるんだ。軽い話題に入るということらしい。

「皆さんは、ミス・ユニバース・コンテストをご存じでしょうか。そう、世界一の美女を選ぶコンテストですね。このミス・ユニバースの日本代表を決める選考会が、今月二十四日に東京国際フォーラムで開かれます。今日はそれに先立つ合宿生活、すなわちビューティーキャンプの様子をお伝えしましょう」

まず画面に出てきたのは、朝食を摂るファイナリストたちの様子だ。やはり桃花の顔がアップになる。サラダを頬ばる姿はとても愛らしく自然だ。

「朝七時。ビューティーキャンプの朝食時間です」

女性の声のナレーションが入る。

「管理栄養士による玄米、ヨーグルト、野菜、卵料理といったメニューが並びます。朝食だからといって、化粧をしていなかったり、だらしない格好をしている女性は誰もいません。朝から完璧に美しくなくてはならないという指導のもと、朝五時に起きて髪を整え、化粧を済ませます」

そしてウォーキングの練習風景。ここでもいちばん目立つのは桃花だ。

「ファイナリストの中でいちばん若い村井桃花さん、十九歳。彼女はモデルをしていますが、さらなる飛躍を求めてこのコンテストにのぞみました」

カメラがずっと追っていることを意識して、桃花は軽く微笑みながら歩く。他のファイナリストたちも映っているのだが、桃花がいちばん目立つアングルだ。わずか二、三日の間に、桃花の体が変わっていることに由希は驚く。彫刻刀が、最後の仕上げをしたようにウエストや背中が綺麗にそがれているのだ。やがてインタビューを受ける桃花がいた。

「そりゃあ、綺麗な人ばっかりですからねえ……。自分が日本代表になれる自信はありません。だけど出来る限りのことをしてみたいと思います」

画面の横に質問が文字で出る。

「ビューティーキャンプに出て、あなたは変わりましたか」

「もちろんですよ。チョー変わりましたよ。この一週間って、私が今まで生きてきた中で、いちばん濃い時間っていう感じ。一日のうちにものすごくたくさんのことがあって、一日がまるで一年みたい。自分がすごく成長したのがわかります」

やがて画面がスタジオに戻ると、女性キャスターはうっすらと微笑をうかべていた。知性を売りものにしている彼女は、美を競う女たちに対してそっけない。

「本当にいろいろ大変そうですけれど、日本代表を選ぶコンテストに向けて、皆さんにぜひ頑張ってほしいですね」

なるほどねと、広報のナミコがリモコンでテレビの画面を消した。

「これじゃ、他の女の子たちはいい気分しないわよ。桃花中心のニュースじゃないの。エルザは何て言ってんの」

「別に仲よしごっこをしているわけじゃないから、他の女の子たちが桃花にむっとしても仕方ないって」

由希の答えに、ナミコはあー、ねーと首をすくめた。帰国子女の彼女は、こういう動作が自然に出てくる。

「いかにもエルザが考えそうなことね。まあ、これでチケットの売れ行きも上がるといいけど……。あ、さっそくテレビの反響があったわ」

事務所の電話が二台鳴り出したのだ。一台をナミコ、もう一台を由希がとった。由希の

電話は若い女の声で、

「ビューティーキャンプに参加するにはどうすればいいか」

というものであった。

「それはですね、今秋応募していただいて、ファイナリスト、最後の十二人に残っていただくことが条件ですね。詳しくはホームページをご覧くださいね」

電話を切ってナミコの方に目をやる。まだ受話器を握っている。その様子がおかしい。おどおどして目が泳いでいる。どうしていいのかわからず必死なのだ。

「どうしたの」

口の形で尋ねた。

「は、はい。そういうことでしたら重要なことですので、こちらですぐ本人に聞きましてご連絡させていただきます。そちらのご連絡先をお願いいたします……。え、それは困ります。急に今からと言われましても、こちらも予定がございます……。あ」

声を上げた。

「切られちゃった……」

「いったいどうしたのよ」

「私だってよくわからないわよ。今、テレビに出ていた村井桃花を出せっていうから、私、どなたですか、って尋ねたら、桃花は借金をそのままにしてうちの店を逃げたんだって。ちゃんと話をつけたいから、今からそっちへ行くって」

「どういうことよ」

「ナントカ興業って言ってた。どう考えたってあちら方面よね」

「警察に電話する?」

そう聞いた自分の声が震えていることに由希は気づいた。

「いいえ、私たちだけで勝手なことは出来ないわよ。すぐにエルザに相談しなきゃ。それと桃花に話を聞くことよね」

表参道の事務所から、ビューティーキャンプが行なわれている新宿のホテルまではそう時間はかからない。

「じゃあ、タクシーですぐに行きましょうよ」

「いいえ、相手は今からこっちに来ると言ってるのよ」

「じゃあ、どうしたらいいの」

「エルザと桃花に、すぐこちらに来てもらうしかないわね」

「でもこわい人たちが来るんでしょう」

「私が声でそう判断しただけだけど」

「私、イヤよ。そんなおっかないこと」

本気で逃げ出そうかと思った。しかしそういうわけにもいかず、由希はケイタイのエルザの番号を押した。

「落ち着いて聞いてください。あちら方面らしき人たちがこれからうちの事務所に来るって言ってるんです」

幸いなことに、エルザは日本のあちら方面という言葉も意味もよく知っていた。

「わかったわ。私がすぐ帰るわ。私が行くまで部屋に待たせておきなさい。それからモモは絶対に会わせない。テレビではホテルの名前は言ってなかったから、ここにいた方がいいわ。いい、コンテスト前のことなんだからことは慎重に進めるのよ。くれぐれも警察沙汰にしないようにして頂戴」


一時間後、女たちは二人の男と向かい合って座っていた。彼らは「湯浅(ゆあさ)興業」という名刺を持っていた。都内に五店舗キャバクラを経営しているという。

「突然逃げ出したんですよ」

痩せた方の男が言う。

「突然ドロンですからね、義理も礼儀もあったもんじゃありませんよ。ちょっと信じられない話じゃないですかねぇ」

　こういう人と初めて話をした。二人ともスーツを着ていたが、不思議なほど光る生地は、やはりふつうのサラリーマンとはまるで違っていた。痩せた方は指に幾つかの指輪をしていて、もう一人の小柄な男はピアスをしていた。二人ともねっとりとした喋り方をする。しかしそう恐怖を感じないのは、彼らの前にエルザがいるからだ。

「でもモモカの言ってることは違いますよ」

　エルザはいつもよりも胸をそらし凜(りん)とした声を出した。

「あなたたちは、あのコを騙していたんじゃありませんか」

　白人の女が出てきて、英語で話すので、男たちは最初は少しひるんでいるようであった。しかし由希が日本語に直して語り始めると、たちまち形勢は不利になる。男たちは日本語を喋る若い由希をなめているのだ。

「私はさっきモモカから聞きました。最初はキャバクラというところのホステスということだったのに、あなたたちは彼女に、いかがわしいことをさせようとしたそうですね」

「だけどね、桃花は前借りをしたんですよ。三百万っていう大金をね」

「三百万！」

　訳さなかったのに、エルザはその会話に反応した。

「それは本当ですか」

「そうですよ！　だから私たちも困ってるんですよ。お金を借りたままドロンしちゃって……。男だったら、なまじのことじゃ済まないでしょう。内臓売ってもらってでも弁償じゃァないのォ、ふつう」

最後の方をためらいながら訳すと、

「信じられない！」

とエルザは、首を大きく横に振った。

「あのね、外人さん。日本じゃこういうの、おとしまえつけてもらう、って言うんですよ。おとしまえ、わかりますか？　体を張ってね、ゴメンナサイをすることなんですよ」

「だからどうすればいいんですか。三百万円をあなたたちに返せばいいんですか」

「外人さん、そんな金で済む問題じゃないんじゃないの。私たちは顔に泥を塗られたんですよ。この泥をとる方法はたったひとつですよ。桃花に店に戻ってきてもらいたいんですよね」

「そんなことは出来ませんよ。彼女は今、ファイナリストとして、このミス・ユニバースの日本事務局の管理下にあるんですよ。コンテストの終わった後も、彼女の今後について、ちゃんと事務局が考えることになっています。あなたたちのところへ戻ることなどあり得ませんよ」

「そりゃないんじゃないですかァ。ミスナンチャラに出たのは桃花の勝手。そもそもこちらの方が先だったんですからねぇ」

「あなたたちと話しても全くの無駄ね。わかりました。これからはうちの弁護士と話をしてください。それから、あなたたちへの三百万円という借金が正当なものか検証します」

しかしエルザのこの強気は裏目に出た。

「外人さん、ふざけんなよ」

ピアスをした方が、靴の先でテーブルをどんと蹴った。

「借金して逃げたくせに、テレビに堂々と出る女も間抜け。そんな女をファイナリストだか何だかにしたそっちはもっと間抜け。こういうのを世間にぶちまければ、さぞかし面白いことになるんじゃやなァい」

エルザの美しく描かれた眉がぴくりと動いた。

8

いつもはウォーキングの稽古に使うホテルの宴会場だ。エルザとナミコ、そして由希が桃花を取り囲むように座っている。夕暮れになっても、桃花の肌はぴんと張ったままで化粧崩れひとつしない。由希はあらためて、十九歳という彼女の若さを思った。

「あなたの言ってること、まるっきり説明になっていないと思うわよ」

広報担当のナミコが、苛立った声をあげ続けている。

「ガールズバーだと思って勤めていたら、へんなことをさせられそうになった。だから逃げちゃった、では話が通らないの」

「じゃあ、どうすればよかったんですか」

桃花は不貞腐れたように言う。先ほどから何度も同じことを聞かれるので、彼女も苛ついているのである。

「だって席について男の人に体触らせろとか、要求されたらホテルへ行け、みたいなことを平気で言うんですよ。それって売春でしょ。売春って日本の法律じゃ、しちゃいけないことだから、こりゃヤバい、って思うの当然じゃないですかァ」

「だけどね、入る前からへんなところだってわからなかったの?」

「だってぇ、ケイタイの求人サイトにふつうに載ってるとこだったんですよ」

「ねぇ、ふつうに求人しているところが、どうして前渡し金として三百万も渡すの」

「だから何度も言ってるんじゃないですかァ」

桃花はぐいと口角を下げた。

「カレシとあちらが話し合ったんです。カレシが試しに借金申し込んだらOKしてくれたんです」

「それでそのカレシは、どうして返さないの」

「カレシも、ヤバいところからお金借りてどんどん膨らんでいったんですよ。ケイタイで貸してくれるふつうのローン会社だったのに、ちょっと遅れたらすごい利子がついちゃって……」

「それでそのカレシはどうしたの」

「ビューティーキャンプに来る前に別れましたよ。三百万円でひと息ついたら、他の女の子と浮気してたんです」

「あなたのカレシに、すぐにこの場で電話しなさいよ」

「だから、さっきからしてますけど通じないんですよ。あの人、時々ふらっと外国行く癖あるし。外国っていっても、アジアの近いとこだけど」

「あのね、あんたみたいなバカなコが、ソープとかＡＶに売られるのよッ」

ナミコが叫んだ。

「時々話には聞いていたけど、あなたみたいなバカな女って本当にいるのね。あなたねぇ、カレシに売られたのよ、ウ・ラ・レ・タ・ノ！」

「その言い方、ひどくないですかァ……」

「だって本当にそうでしょう。あなたのカレシって、三百万とってドロンしたんでしょ」

「違いますよ。借金は実家に頼んで返すことになってるから、モモには迷惑をかけないって別れる時に約束してくれました」

「だけど払ってないのよ。だからあの筋の人たちが来たんじゃないのッ」

「ストップ」

さっきから二人のやりとりを、ずっと由希に訳させていたエルザが、初めて声を発した。

「もうモモカを責めても仕方ないわ。あの時、私は彼らに言いました。三百万円は事務局の方で立て替えて至急返しますと。するとね、彼らの答えは、金を返してもらっても仕方ない。女を渡せって……」

エルザの口にした「girl」を、思わず〃女〃と訳してしまったことを由希は後悔した。女の子とでもモモカ、とでも言えばよかった。〃女〃ではあまりにも生々し過ぎる。

「あのね、彼らの目的はもうモモカなんかじゃない。ミス・ユニバースなのはあきらかなのよ」

エルザはおごそかに「ミス・ユニバース」と発音した。絶対に汚すことが許されない崇高なもののようにだ。

「彼らはね、おそらくこのことをマスコミに売るつもりでしょう。自分の店から借金したまま逃げた女性がファイナリストになってるって……」

今度はエルザが「ウーマン」と言ったので、由希も「女性」と訳すことが出来た。

「もうじき日本大会だから、その前にめちゃくちゃになってもいいのかと、彼らは私たちに脅しをかけているんでしょう」

「マジにヤバいじゃないですか?」

桃花は目を瞠（みは）る。やっと彼女もことの重大さに気づいたようなのだ。

「私、ここに迷惑かけられないから店に戻りますよ。〃ウリ〃はイヤだけど、店でおじさんに体触らせるくらい我慢しますよ」

「バカなことを言うのはやめなさい」

エルザが怒鳴った。

「あなたが店に戻ったとしたら、元ミス・ユニバースファイナリストということになるのよ。どっちみちミス・ユニバースの名は汚されるのよ」

一瞬沈黙が流れた。エルザもナミコも、アメリカ・ニューヨークにある、ミス・ユニバース本部のことを考えているに違いなかった。不動産で財をなした大富豪がスポンサー、代表となり多くのことを仕切っている。もし彼がこのことを耳にしたらどう思うだろうか。まるで人身売買のようなことが行なわれている日本のことを、なんと野蛮な国と思うに違いなかった。

「とにかくモモカ、レッスンを続けなさい」

エルザが再び口を開いた。

「あなたはこれからどうなるかわからない。けれども選ばれてこのキャンプに入ったからには最善を尽くしなさい」

「わかりました」

パイプ椅子から立ち上がった後、彼女は、

「どうもすみませんでした」

と頭を下げた。が、ナミコもエルザも反応しない。とても許す気持ちになれないのだと由希は思った。

「いったいどうするんですか」

ナミコも去った後、由希は尋ねた。

「あの男の人たち、また来ますよ。とりあえずお金を渡すんですか」

「そんなことはしないわ」

エルザの形のよい薄い唇がしっかりと結ばれた。

「じゃあ、警察に行くんですか」

「さっき弁護士と話しました。非はあきらかにモモカの方にあるのよ。彼らはただ借金の取り立てに来たってことになるらしいわ」

「じゃあ、どうするんですか」

「わかってるのは、私は絶対に彼らに屈伏しないっていうこと」

「そりゃ、そうですけど」

理想論を言っている場合ではないだろうと言いたい。

「弁護士は示談で済ませようとしているんでしょう。だったら任せた方がいいですよ。本当にああいう人たちには、ヘタに逆らわない方がいいです。長いものには巻かれろ、っていう言葉もあるし」

「それ何？」

フランスやアメリカにそんな諺はないだろう。

「えーと、力を持つ者には逆らわない方がいいってことですね」

「信じられない」

エルザは由希を睨むようにして見た。完璧なまでに、綺麗に描かれたアイラインが、こういう時かなりの迫力だ。

「私はね、ああいう男たちを絶対に許せないの。美しい女たちを金儲けの道具に使おうとする男たちよ。私はね、ああいう男たちを見ると怒りで体が震えるわ」

「でもそれにちゃっかりと、桃花ものっちゃったわけですから」

「そう、この世には無知な女が多いわ。モモカもその一人よ。そういう無知につけ込んであくどいことをする男に、私は絶対負けたくないの。相手がたとえジャパニーズマフィアでもね」

エルザは腕組みをして歩き始めた。考えごとをする時の癖だ。黒く細いパンツに麻のジャケットを組み合わせていた。

「胸を開けて鎖骨を見せ、シルエットは長方形にまとめる」

という彼女のルールにかなっていた。

「私はね、とにかく女の尊厳を損ねようとする男を許すことは出来ないのよ。ああいう下品な男たちはその典型なのよ。ユキ、わかる?」

「わかるわ。でも、ひとつ質問してもいい?」

考えるより先に言葉が出てしまった。

「あなたの考えるそのフェミニズム的考えと、ミス・ユニバースというものは矛盾しないのかしら。ファイナリストたちは、小さなビキニを着て舞台を歩くわ。東京国際フォーラムに来る客は、ほとんどが男性だって聞いたことがある。彼らは選び抜かれたうんと綺麗な女たちの裸に近い体をなめまわすように見ているの。それがめあてでやってくるのよ。ファイナリストの女性たちを、そういう場に出すことと、女の尊厳を傷つける男を許さないということとは、あなたの中でどのように結びついているのか、私は知りたくてたまらないの」

怒られるとは思っていない。なぜかというとエルザは、こういう理詰めの話が大好きだからだ。

「そうね、ユキがそう考えても無理はないわね。私の日頃言っていることを聞いていれば、どうしてミスコンテストの責任者になるんだろうかって思うわよね」

「ええ、そうなの。このコンテストが終わったら一度聞いてみたいと思ってた」

「今日はあんまり時間がないわ。いつかそういう質問をしてくれる人には、じっくり話してみようと思っていたけれども。手っ取り早く言うとね。美しさというのは、不当に貶められている、というのが私の考えなの」

「貶められているですって」

「そうよ、世の中は仕事で成功した女や才能ある女は手放しで賞賛するわ。それは自分が努力して勝ち取ったものだと考えられているからなの。もし男が近くにいる美人を誉めたたえてごらんなさい。たちまち他の女たちから大ブーイングよ。女を外見だけで判断する、頭が空っぽの人間と思われるわね。そう、美しいということは素晴らしく得することなんだけれども、その得する、ということは取り扱いにとても注意のいるものなのよ」

「わかります……」

由希は、ファイナリストたちのふっと漏らした言葉を思い出した。

子どもの頃から背が高いだけで、こんな自分を少しもいいと思えなかった。やがて少女になると男の子たちに騒がれるようになる。自分が全く望んでいなかったことなのに、男の子たちが群がって人目をひく。そして教師からは注意をされ、友人たちからは孤立していく。ミス・ユニバースの最終選考に残る女たちが、由希にこう言ったのだ。

「自分のことが嫌で嫌で仕方なかった。ミスコンテストに出れば、少しでも変われると思ったのよ」

彼女たちの告白にどれほど驚いたことだろう。

「私はね、美しさというものが素晴らしいものだということを世間に知らせたいの。美というものに、知性と行動力と心のやさしさがついたら、これほど強いものはないわね。女はスーパーマンになれる」

「スーパーマンですか」

「そう。どんな政治家にも篤志家にも出来ないことを、ミス・ユニバース・グランプリの女性だったらやすやすとやってみせるわよ。どんな男にだってかなわないことをね。私はフェミニストではないわ。フェミニストは、男と戦うための剣をひとつしか持っていない。だけど私は違うの。さまざまな武器を女の人に与えてあげることが出来る。ああ！ ユキ、もっと私の考えをあなたに聞いてもらいたいのだけれど、今はちょっと忙し過ぎる。私はすぐに行かなくてはいけないところがあるの」

「弁護士さんのところですか」

エルザは曖昧な笑みを浮かべて部屋を出ていった。

ビューティーキャンプ十二日め。

驚くことがあった。ユリナがキャンプに戻ってきたのだ。豊胸手術をしたのは明らかで、時々胸に手を当て、痛そうに顔をしかめている。彼女だけはジムのトレーニングを免除された。他のファイナリストたちは、どう声をかけていいのかわからず、ユリナを遠まきに眺めていた。ファイナリストは一人急に増えたのだが、相変わらずテレビクルーたちは、桃花をカメラにおさめている。

皆でのダンスが次第に仕上がってきた。全員で踊った後、今度は三人ずつのグループに分かれる。審査員たちにファイナリストたちをよく見てもらおうというのだ。

正式に習ったことはないらしいが、桃花はダンスがうまい。おそらく毎日のように踊りに出かけていたのだろう。振り付けもすぐに憶(おぼ)えて、はつらつと手足を動かす。ファイナリストの中には、ダンサーという者もいたが、桃花の方がはるかに人目をひいた。

気の毒なのが谷口美優だ。いかにもお嬢さま然とした彼女に、ストリート系の衣裳はあまり似合っていなかったし、いくら練習しても踊りはぎこちない。

レッスンしているところを通りかかると、田代がカメラマンに指示を与えていた。もっと中に入って、桃花のアップを撮れということらしい。

「昨日の夕方のニュースの反響、すごかったんですよ」

と由希に言った。

「ショートカットのあのコの連絡先を教えてくれ、っていう電話がじゃんじゃんかかってきましてね。もちろん個人情報ですからとお断りしましたが」

「ああ、そうですか」

許されるなら田代に教えてやりたいと思った。桃花の今後の処遇についてだ。弁護士を交えての話し合いの結果、桃花が日本大会を棄権することは十分に考えられることだ。

「だからあんまりあのコを撮っても、無駄になるかもしれませんよ」

そう教えてやりたいところであるが、もちろん桃花のことはトップシークレットである。

「由希さん、実はうちのバラエティのプロデューサーからも連絡が来ましてね。夜の情報番組のレポーターに、モモちゃんを使えないかって言うんですよ」

いつのまにか桃花はモモちゃんになっていた。

「僕はもちろんいい話だと思うんですけど、一度会わせるにしても、ミス・ユニバースの日本大会が終わってからですよね」

「もちろんです。それまではファイナリストは全員、事務局預かりということになりますからね」

由希は出来るだけ事務的に答えた。

「モモちゃん、日本代表になってほしいけど、そうなると一年間はタレント活動無理でしょ。ですから準ミスになってほしいですよ。そうすれば、ハクもつきますし、すぐにレポーターも出来ますからね」

田代は勝手なことを言っている。

休憩になった。予想していたとおり桃花がすうっと体を寄せてきた。

「テレビの話、聞いてくれましたか」

「ああ、レポーターとかの話ね」

「私、テレビに出るの夢だったし。すっごくラッキーと思ってるんです。だから、あの三百万、元カレの実家に払ってもらって、それですぐにファイナリストから降りれば、こっちに迷惑がかからないかなァと思ったりして……」

「そういう自分勝手なことを言うのはやめなさい」

由希は声を潜めた分、怒りを込めて言った。

「あなたの行動は、もう十分に迷惑をかけているの。だから勝手なことは許されないってエルザも言ってるでしょ。ミス・ユニバースのファイナリストになったからには、ちゃんと責任を果たしなさい。わかったわね」

自分の口調がエルザそっくりなことに驚いた。朝から晩まで彼女の通訳をやっているうちに、こんなに似てきたのだ。

「でも、エルザに元カレの実家が払うって言ったら……。あの、エルザは、どこかしら」

「あっ、本当ね。今朝はまだ見ていないわ」

時計を見た。十時半になっていた。ビューティーキャンプの間、彼女は白金の自宅から車を飛ばし、朝食が終わる頃までに到着していた。午前中に事務局に寄る時は、あらかじめ由希に連絡がある。しかし今日は電話一本入っていない。

「おかしいわね。ダウンしちゃったのかしら」

「まさか……。私たちが倒れることがあっても、エルザが元気じゃない時はないよ」

桃花の軽口がかえって不安をあおり、ケイタイに電話を入れてみたが不通になっていた。ナミコに連絡してみる。

「いいえ、ここにも来ていないよ。おかしいわね。キャンプの間は、誰かと食事するアポイントメントも入れていないわ」

「ふうーん……」

どうしているかとメールを打っている最中に、着信音がした。表示を見ると「ボス」とあった。

「ユキ。すべてＯＫよ」

突然エルザの声がした。

「エルザ、どうしたの。今、いったいどこにいるの」

「私は今、大阪よ」

「大阪ですって」

「昨日の夜連絡したら、今朝会ってくれることになったのよ。それで大阪に泊まるために、大急ぎで、シッターに電話したりして大変だったわ」

「誰とですか」

「豊栄プロダクションの会長よ」

「え！　何ですって」

豊栄プロダクションは、日本でいちばん古く、今も五本の指に入るほどの大手芸能プロダクションだ。大昔、講談師の派遣から始まったという企業の本社は大阪千日前にあった。

「昨年だったかしら。パーティーで会長に会った時、何かあったら来なさいって名刺くれたの。だから賭に出たのよ。あれだけ大きな芸能プロダクションなら、きっと何とかしてくれるって」

「それにしたって……」

「会長はもう八十過ぎのお爺ちゃんなんだけどね、若い頃ハワイで興行師をしてたから英語が喋れるの。昔はわしもああいう連中と戦ってきたからあんたの気持ちはよくわかる。よし、何とかしてやろうって……。私、感動したの。だからユキ、エブリシングＯＫ。私たちは勝ったのよ」

勝ったの、とエルザは誇らし気に発音した。

9

キャンプ十三日め。

ダンスが完成した。ヒップホップの音楽に合わせてまずは一列になって踊り、そして徐々に三角形になっていく。このセンターにエルザは大野カレンを指名した。桃花と入れ替えたのだ。それどころか桃花は、いちばん後ろの目立たない場所に移動させた。あれだけのトラブルを抱えていた彼女を、前列からはずそうとしているのはあきらかだった。

「モモちゃん、どうしてあんなに目立たなくするんですか」

ドキュメンタリーを撮っていたテレビディレクターの田代が、案の定文句を言ってきた。

「わかりませんよ。エルザの指示ですから」

由希はそっけなく答える。

「おかしいじゃないですか。日本代表に選ばれても選ばれなくても、彼女を中心に据えるっていうのは話がついていたと思うんですけどねぇ」

「私にもよくわかりませんけど、はっきりと代表候補からはずれたってことなんじゃないですか」

桃花の借金をめぐって、大変なトラブルが発生したことを、いっそ喋りたいぐらいだ。

「そうかなァ。モモちゃん、いいと思うけどなァ。若いしキラキラしてますよ。華があるっていうか、大勢の中でもピカーッと光ります」

田代はさらに喰い下がる。

「だけどエルザさんがそう思ったって、審査員がモモちゃんを選ぶってことだってあるわけでしょ。いくらエルザさんの力が強くたって、審査員たちに何か言う権利はないんでしょう?」

「あたり前ですよ。そんなことしたら大変なことになりますよ」

「だったら、モモちゃんが選ばれる確率はゼロではないじゃないですか」

「それはそうだけど……」

「でももしモモちゃんじゃなかったら、大野カレンさんかと僕は見当つけてるんだけど」

田代の言葉はあたっているかもしれない。

カレンはこのキャンプで見違えるほど変わった。売れないモデルだったのが嘘のようだ。

もっともエルザによると、

「売れっ子のモデルというのは、もっと無機質な感じがなければダメなの。カレンは着ている服よりも、中身が目立ってしまう。だからもともとモデルには向いていなかったのよ」

ということだ。

シアトルのカレッジに留学していた彼女は、英語もうまい。もともと素晴らしいプロポーションであったが、このキャンプの前からさらに磨きをかけている。ミスコンテストのファイナリストたちなのだから、全員脚が長いのは当然であるが、カレンのまっすぐに伸びた脚の美しさは、見慣れた由希でさえ感嘆のため息が出る。十四センチのヒールを履いてポージングをすると、日本の女でこんな脚の持ち主が今までいただろうかと感動するくらいだ。

しかし、と由希は思う。カレンの容姿には、どこか賞賛だけでは終わらないところがある。それは彼女の華やかさと表裏一体をなす男性的なものだ。ワイルドといってもいいかもしれない。

ロングヘアに思いきりウェイブをつけ、茶色のスモーキングとシャドウをほどこす。エルザが推奨するこのメイクをすると、由希にはカレンが、

「タイのポールダンスガール」

に見えてしまうのだ。ポールに体をくねらせて、踊りながら客を誘う娼婦(しょうふ)たちである。が、エルザは断言する。

「世界で通用するのはカレンなのよ。ミユじゃないの」

谷口美優は清楚な、という表現がぴったりの美人だ。が、ほっそりしていてあまりめりはりのない体を、エルザは少しも買っていない。

「日本人の審査員が、ミユを好きなのはわかるわ。おまけに医大に通っているんだから話題性もあると思うんでしょうね。日本だけの大会ならば、ミユが選ばれても賛成するわ。だけどね、これはミス・ユニバースの日本大会なの。世界の舞台に立つ人を決めるのよ。もしミユが日本代表になったら、それでおしまい。選ばれた直後は、日本のマスコミも騒ぐでしょうけど、それだけのこと。世界大会に出たら一次も通過しないと思うわ」

だから美優が落とされるような工夫をしなくてはいけないとエルザは言った。

「そのためにもね、ダンスのソロパートを増やそうと思うの」

「えー、どうしてですか。美優はダンスがすごく苦手なんですよ」

と広報のナミコ。

「だからいいんじゃないの」

とエルザは平然と答えた。

「きっとうまく踊れなくて、おどおどすると思うの。あのコとヒップホップなんて、まるっきり合わないもの。だからいいのよ。そこで審査員に減点してもらいましょうよ」

そしてカレンをセンターにすることで、圧倒的な存在感とこちら側のメッセージを伝えるというのだ……。

さっきまでのミーティングのことを、由希は思い出している。

桃花は最後の列となった。これもビューティーキャンプを運営し主催する、事務局のアピールと言えるだろう。

「このコを選んで。このコは選ばなくてもいいのよ」

審査員は五人。その日はエルザ自身も試され、審査される日なのである。


午後はドレスが運び込まれた。五日後の日本大会に向けての本番用のドレスである。

「わ！　素敵」

あちこちで歓声があがる。特別スポンサーとなっている、海外有名ブランドのイブニングドレスだ。生地も形も、ほどこされる刺繍(ししゅう)もラメもまるで違っている。

それまで稽古用に、ファイナリストたちは自分のドレスを持参していた。ZARAやH&Mのドレスを着こなしていた彼女たちであったが、やはりハイブランドのドレスに興奮していた。そしてフィッティングが始まったのであるが、この二週間のキャンプは、やはり過酷なものだったのだろう。たいていのファイナリストたちが、ウエストを二、三センチ縮めることとなった。

ドレスを選んだのはエルザだが、一人一人の個性を生かしていることに由希は驚く。そしてちゃんとえこひいきをしていた。

エルザがスカウトし、世界大会に送り込もうとしているカレンのドレスは、灰色の地に無数のスパンコールがついている。いかにも高価そうだ。深くえぐられたVネックが、カレンの豊満な胸をぎりぎりまで見せることになった。

カレンはアメリカで豊胸手術をしたのではないかという噂があったが、たぶんそうだろう。こんなに細いウエストと、これほど豊かな胸とが共存するはずはないと由希も感じるからだ。エルザは、この豊かな胸をさらに大きく見せるポージングをカレンに授けていた。

美優は深いピンク色のジョーゼットのドレスで、これもとても似合っていた。しかしおとなしい印象は否めないだろう。

桃花は彼女のビキニと同じ銀色のドレスだ。大人っぽい色と形だがちゃんと着こなしていた。

意外だったのが佐々木麗奈である。ファイナリストの中でいちばん長身の彼女は、「鶏ガラ」とエルザに言われたくらい痩せている。しかもやや猫背だったのであるが、このところの厳しいレッスンで見事矯正された。彼女のためにエルザが用意した黒のイブニングドレスは背中が大きく開いている。胸のところが長い長方形にカットされていて、ハイウエストまで肌が見える。そこから優雅なドレープがついたドレスは、まさにパリ製のイブニングだ。このシンプルな黒いドレスを着た麗奈は胸を張りポージングした。するとあたりをはらうほどの美女の威厳が備わったのである。

「レナ、とても似合うわ」

エルザさえすっかり感心して近寄ってきた。

「でも胸の開き具合が、レナのイメージじゃないかもしれない。レナ、カレンとドレスをちょっと換えてみて」

嘘でしょ、と由希は思った。いくらカレンを勝たせたいからといって、ここまでするだろうか。しかし通訳しないわけにはいかず、麗奈にこう言ってみた。

「レナ、カレンのドレスを試しにちょっと着てみてだって」

わかりました、と麗奈は不満そうな顔をするわけでもなく、その場でドレスを脱ぎ始めた。女ばかりだからという理由で、こういう場所には囲いも脱衣室もない。麗奈はするするとドレスを脱ぐとストラップレスのブラと、ビキニのパンティだけになった。

「アンダーウェアが汚い女は、生きる資格がない」

というのがエルザの口癖であるが、その点麗奈は合格であった。黒ブラとパンティは当然お揃いになっていて、高価そうなレースにおおわれている。

ファイナリストたちの服を突然脱がせ、下着を点検するのはエルザの得意技であった。

ブラとパンティがばらばらだったりすると、

「ああ、迷子(まいご)を平気で着てるなんて！」

と叱声が飛ぶ。

麗奈はこれまた完璧なポーズで、彼女はイブニングドレスを着替える。策略のための別のドレスを。

が、灰色の光るドレスはカレンよりも麗奈の方がはるかに似合っていた。長身のためにスパンコールがいっそう映えて、胸からウエストにかけて美しい光の流れをつくった。そして麗奈は片手をウエストに置き、艶然(えんぜん)としてみせた。

「ファンタスティック！」

とエルザが叫んだ。

「やっぱりそのドレスの方がいいわね」

とまるで麗奈のために心配りをしたように言ってのけたのだ。

「キャンプが終わる頃、突然バケるコがいるのよ」

ナミコが教えてくれた。

「もうこの頃になると、はっきりと順位がわかってくる。美優とカレンの戦いだってみんなわかってくるはずよ。だけどね、突然三番手か四番手ぐらいの女の子が、浮上してくる時があるの。あれを私たちは『キャンプの奇跡』って呼んでるんだけど」

「奇跡かァ……」

「そうなのよ。私もこんな仕事してるんだけど、時々女ってすごいなァってつくづく思うことがあるわ。桃花の時がそうだったけど、スポットライトがあたったり、誰かに認められたりすると、みるみるうちに変わっていく。生まれつきのものに、なんか別の要素がぁっという間に加わるのよ。まるでケミストリーみたいにね。私が思うに……」

ここでナミコは小さなため息をついた。

「エルザって、この化学反応もちゃんと計算しているような気がして仕方ないの」

「なるほどねぇ」

由希は裁縫師によって、ドレスの丈を調節してもらっている麗奈を見つめた。そのドレスはもはや彼女のものだった。

「ほとんど直さなくていいわ。ウエストもぴったり」

とブランドの会社から派遣されてきたスタッフは言った。麗奈は当然というように深く頷いた。彼女は屈辱をチャンスに変えたのだ。

由希は思い出す。

「自分のことが嫌いで仕方なかった」

と打ち明けた麗奈を。

「背が高いことがコンプレックスで、少女時代はいい思い出なんか何もない」

と語っていた。あれは事実だと思うが、すぐそこに類いまれな美女が立っているのも事実なのだ。

「ちょっとォ。これっていったいどういうこと」

エルザの大声でふり返った。

「どうしてこんなところに、こんなものを置いとくのよ」

それはテレビクルーの機材だった。画面を確認するための小さなモニターテレビである。

「それもハンガーにかけたドレスの裾がかぶさるように置いてあるのよ。もしも誰かがつまずいたらどうなると思ってるのよッ」

怒りのあまりものすごい早口になっていて、由希は必死で訳す。

「もうじき本番なのに、なんて不用心なことをするのよ」

「すみません」

中年のカメラマンと、ディレクターの田代が慌てて飛んできた。

「いいえ、彼女の責任だと思うわ」

エルザの視線の先には、ＡＤのユリがいる。異様なほど太った若い娘である。肥満した体に似合わず動きは敏捷(びんしょう)で、

「おい、ユリ」

「ユリ、ちょっとこっちに」

とクルーたちにこき使われている。

「あなた、ちょっとこっちに来なさい」

エルザは顎で命じた。顎の先にあるのは、キャンプ中、事務局として使っているホテルの小宴会場である。

「エルザさん、申しわけありません。こういうことは私の責任ですから」

田代が必死でとりなそうとしたが、エルザはノーと強い調子で言った。

「私は彼女に言っておきたいことがあるのよ。だからユリだけいらっしゃい」

当然のことながら由希も入る。そう広くはない部屋に三人だけとなった。ユリは立ち尽くしている。体型を隠すために、だぼっとした白いチュニックを着ている。その下はデニ

ムだ。

「ユリ」

エルザは言った。

「あなたが初めてここに来た時から、私は思ってたの。なんて目障りな人だろうって」

「…………」

あまりのことに由希もとっさに訳すことが出来ない。

「あなた、どうしてこんな仕事をしているの。言いなさい」

「それは……テレビの仕事をしたいからです」

ユリの肉声を初めて聞いたと思った。想像していたとおり、ぼそぼそとした小さい声だ。

「私はね。テレビの世界をよく知っているの。テレビ局の下請けのそのまた下請け会社のADって人間扱いされないわ。ただみたいな安い給料で働かされるのよね。それでもあなたが、この仕事をしているのはなぜなの？　華やかな世界に憧れているからなの？」

「それよりもいろんな人に会えるからです」

「会ってなんかいない」

エルザは睨むように見た。

「誰もあなたに話しかけないし、友だちになろうと思わない。あなたは背景のように、いつもカメラの後ろに立っている。目立たないかというとそうでもない。とても目立つわ。目についていて仕方ない。それはね、あなたがとても醜いから」

「エルザ！」

「ユキ。ちゃんと訳しなさい」

たちまちユリは青ざめていった。

「ユリ。どうだった？　この五日間、あなたはどんな気分だった？　こんな美しい女たちを見て、あなたはどんな気分になった？」

「それは……、生まれつきだから仕方ないと思いました」

「違うのよ」

エルザはつかつかとユリの方に近寄っていった。そして右手でユリの顎をつかんだ。

「吹き出ものがいっぱい。体重はおそらく……八十五キロはあるわね」

「ひどい……」

「ユリ。よく聞きなさい。私はこういう仕事をしているから、あなたみたいな女が大嫌いなの。何の努力もしない。劣等感でこりかたまっているくせに、自分とは全く不似合いの世界に行きたがる。私はね、この五日間、見るたびに腹を立てたわ。こんな女、追い出してやろうと思ったの」

ユリはもう何も答えない。怒りと驚きのあまり全く無表情になっている。

「可愛い目をしてるわ」

突然エルザは言った。

「あと二十キロ痩せたら、信じられないくらい大きくぱっちりするはずよ。それから歯は直しなさい。私の知り合いのドクターのところへ行けば、ただみたいな値段でやってくれます」

えっという声を、由希とユリは同時にあげた。

「いい、ユリ。私の視界に入って、私のところへやってきたからには、今のままでは許さないわ。あなたも私のところへやってきなさい。ひと月に二回だけ、私のオフィスにやってくるの。私があなたの人生を変えてあげます。絶対に」

さあ、やるわね、とエルザはユリの目をじっと見る。

「でも私、何度もダイエットに失敗してるし……」

「バカバカしい」

エルザは笑い出した。

「私はプロ中のプロなのよ。世界一の美女をつくり出すためにここに来たの。いい、ユリ。私に二年間任せなさい。今は本番前でそれどころじゃないけど、来月からあなただけの、ビューティーキャンプのプログラムを組んであげます。ミス・ユニバースはさすがに無理よ。だけどね、どこか地方のミスコンテストだったら、必ずあなたをファイナリストにしてあげる」

ユリはまだ信じられないような顔をしている。あたり前だ。奈落の底につき落とされたと思うと、今度は信じられない未来を見せられたのだから。

「あなたに美しい女の人生がどんなものか教えてあげたいのよ、ユリ。あなたはここにいる間中、美しい女たちのことを憎いと思ったはずよ。その気持ちをバネにしなさい。美しい女がどんな気分になるか自分で味わうのよ。私なら出来るわ。私だけがそれを出来るの」

エルザは誇らしげに胸をそらした。

ユリはしばらくしてから小さく頷いた。

10

キャンプ最終日。

今日でキャンプは終わる。

朝食が終わった後、全員ホテルの会議場に集まった。ここには本格的なスクリーンとステージがあるのだ。

みんなメイキャップを完璧に済ませ、イブニングドレスに着替えている。微笑みながらステージを歩く彼女たちの、あまりの変わりように由希は目を瞠った。

そうだ。

「ビューティーキャンプ・十四日間には、三つ分の人生が詰まっている」

と言ったのは誰だっただろうか。ここに来てからファイナリストたちは飛躍的に美しくなった。そして歩くさま、微笑む様子、まるで身のこなしが違う。何よりも、

「私ほど美しい女はいない」

という自信に溢れているのだ。

由希は昨年のミス・ユニバース日本代表、近藤沙織と会った時のことを思い出す。二十四歳でありながら威厳を持ち、洋服とメイクも洗練されていた。彼女が歩くと人垣が自然に分かれていって道をつくる。そして人々は憧れのまなざしで彼女に目礼するのだ。今、ファイナリストたちは沙織に近づいている。笑い方がそっくりだ。

「どう、私ほど美しい女はいないでしょう。あなたは見られただけで幸せなのよ」

というまなざし……。

やがてステージでは、最後の仕上げとして一人一人がスピーチすることになっている。コンテスト本番で審査員から出される質問は、あらかじめ知らされてはいない。

「あなたの尊敬する人は」

「あなたがいちばん心躍る時間は何ですか」

「あなたがいちばん得意とするものは」

などというあたりさわりのないものの他に、

「最近あなたがいちばん怒ったニュースについて教えてください」

「あなたは美しさが世界に貢献出来るものだと信じていますか」

と、いささかむずかしいものもある。

この模擬コンテストの最中、エルザは正面の席に座っている。紺色のパンツスーツといういでたちだ。きちんとジャケットを着ているというのは、ファイナリストたちに今日は最終日という緊張感を持たせるために違いない。

スピーチの順番はエルザが決めたが、終わりの方に三人を残していた。彼女たちがおそらく優勝を争うだろうということは、誰の目にもあきらかであった。

「それでは谷口美優さん……」

審査員に扮しているのは、広報のナミコである。

「あなたは将来の夢に、このミス・ユニバースの経験をどう生かしますか」

「はい」

美優はひと呼吸おいて、にっこりと笑う。しかし先生の質問に答える学生のような硬い話しぶりが、彼女のスピーチをややリアリティのないものにしている。

「わたくしは今、医学部の学生として勉強しております。将来は皮膚科医をめざしています。ミス・ユニバース世界代表は、世界中をまわり、世界の恵まれない子どもたちのためにさまざまなボランティアを行ないます。ここで私の力が生かせると考えました。実際に治療をするだけでなく、医師の目で世界の人々に向けて発信出来ると考えております」

「ＯＫ！」

由希の訳を聞いていたエルザが叫んだ。

「よかったけど、どうせなら皮膚科医よりも小児科医になる、と言いなさい。そちらの方が審査員の心証はぐっとよくなるはずよ」

「でも私、父の跡を継ぐつもりなので……」

「いいのよ、そんなこと。審査員はいちいちあなたの将来まで追跡調査したりはしないんだから」

美優は、少々困惑した曖昧な笑みを浮かべた。本当に育ちのいい娘なのだ。

彼女がどうしてミス・ユニバースに応募したのか、由希にはいまひとつわからないところがある。美優に恋人がいるかどうかは知らないけれども、このままでいったら美優は開業医の娘で、しかも美しい女医として縁談もひくてあまただったろう。何もしなくても、たくさんの幸福がやってくるはずだ。

もしかすると、彼女の属する保守的な恵まれた世界では、ミス・ユニバースに出場したということは得なことばかりではないかもしれない。

「ミスコンテストに出た女」

というかなり侮蔑的な扱われ方を、週刊誌で見たことがあるからだ。

そういうリスクをあえてしょって、しかもこれほど過酷なビューティーキャンプをやり遂げた美優の真意が、由希にはいまひとつわからないのだ。

「ミユのスピーチ、とてもうまくなったわ。だけどもうちょっとゆっくり喋りなさい。それから最後に、審査員に『どうもありがとうございました』と言う時に、ちょっと間を置く。そして余韻を持って去りなさい。わかったわね」

「はい」

と美優は素直に答えた。

そして次は大野カレンが正面に進んだ。黒いシンプルなドレスはカットが素晴らしい。彼女の美しい背中をヒップぎりぎりまで見せていた。が、それは最初は佐々木麗奈のものであった。カレンを本命視しているエルザは、平気で二人のドレスを取り換えさせたのである。

「大野カレンさん、あなたは野心というものについてどう思われますか」

「はい。それは人生でとても重要なものだと思います。私はそれに導かれてこの場所に立っているからです」

カレンは自分自身の最初の答えに深く頷く。

「野心というと日本では、他の人を押しのけてまで進もうとするネガティブな行為と見られがちです。でも私は違うと思います。自分の心の中で、志を立て、それに向かって努力することだと考えます。ですから私は、今日、野心を持ってこのステージに立っております」

「パーフェクト！」

エルザは叫んだ。

「これはアメリカ人の審査員だったらパーフェクトと言うわね。だけど日本人の審査員だったらわからない。もし会場から拍手が起こったら、カレン、その時はあなたの勝ちだと思いなさい」

「サンキュー・ベリィ・マッチ、ミズ・コーエン」

カレンは美しい発音の英語で応えた。この機転のきくところといい、彼女が売れないモデルだったというのはちょっと信じられない。エルザに言わせると、

「カレンは洋服よりも自分が目立ってしまうタイプだから」

ということだ。

しかし広報のナミコが教えてくれたところによると、カレンはミス・ユニバース日本大会のあと、事務所を変えるらしい。小さなモデル事務所から、大手のプロダクションへ移り、タレントを目ざすという。この頃はモデルたちがバラエティ番組で活躍することが多い。ファイナリストに選ばれた時点で、あちらから接触してきたということだ。

◎本書をお買い上げいただき、誠にありがとうございました。
質問にお答えいただけたら幸いです。

◆「ビューティーキャンプ」をお求めになった動機は？
① 書店で見て ② 新聞で見て ③ 雑誌で見て
④ 案内書を見て ⑤ 知人にすすめられて
⑥ プレゼントされて ⑦ その他（

◆著者へのメッセージ、または本書のご感想をお書きください。

今後、弊社のご案内をお送りしてもよろしいですか。

（ はい・いいえ ）

ご記入いただきました個人情報については、許可なく他の目的で使用することはありません。

ご協力ありがとうございました。

郵便はがき

お手数ですが、
切手を
おはりください。

151-0051

東京都渋谷区千駄ヶ谷4-9-7

(株) 幻冬舎

「ビューティーキャンプ」係行

ご住所　〒□□□-□□□□ Tel.(　　-　　-　　) Fax.(　　-　　-　　)		
お名前	ご職業	男
	生年月日　　年　月　日	女
eメールアドレス：		
購読している新聞	購読している雑誌	お好きな作家

「そのためにも、ミス・ユニバース日本代表の肩書きは、どうしたって欲しいんじゃないの」

とナミコは言ったものだ。

そして最後に佐々木麗奈がステージの中央に進んだ。

変わったといえば彼女がいちばんだろう。

「キャンプ中、三番手、四番手ぐらいで〝大バケ〟するコがいる」

と聞かされていたが、麗奈がまさしくそうであった。百七十八センチというファイナリストの中でいちばんの長身であったが、キャンプに入ってきた時は、やや猫背であった。

それをエルザがマシーンを使って徹底的に直させたのである。

「本当の猫背じゃないの。背が高いのを気にして、目立たないように身をかがめるクセがついちゃったのよ」

とエルザは言った。

麗奈もアルバイトで、カタログのモデルなどをしていたらしいのだが、そのわりには洋服のセンスがひどかった。デニムとTシャツという基本的な格好をしていても、他のファイナリストと違ってどこか垢抜けない。それはサイズやブランドにまるでこだわっていないからだ、ということがわかった。

由希から見ても、デニムをあと三センチロールアップさせたら、どれほどバランスがとれるだろうと思うほどだ。麗奈ほどの美しい女が、どうして自分にこれほど無頓着なのか理解出来なかった。が、麗奈はこの十四日間で、信じられないほどの変貌を遂げた。エルザが私服について、口うるさいくらい、毎朝チェックしていたことも大きい。ただ伸ばしていたようにしか見えなかった長い髪は、このキャンプでたっぷりと艶をほどこされたようだ。美女の証のように大きな波となって背中に流れている。

そして彼女はステージの正面にすっくと立つ。灰色のスパンコールのイブニングドレスは、まるで麗奈のためにあつらえたようであった。が、それはもともとカレンが着ていたものだ。麗奈には、黒いイブニングがあてがわれていた。そのドレスがとても素敵だったために、エルザは平気で二人のドレスを取り替えさせた。しかし麗奈は、このドレスをカレンよりも見事に着こなしているのだ。

「ハリウッド女優みたい」

というのは陳腐な形容だが、それしか思いつかない。レッドカーペットの上を歩き、フラッシュを浴びる女優たち。神さまから何かを貰い、託されているとしか思えない完璧な美女たち。麗奈は同じ光をはなっていた。

「佐々木麗奈さん」

ナミコが呼びかけた。

「あなたにとって、魅力的な女性とはどういうことか、お話しください」

「はい」

麗奈はまっすぐにナミコを見る。本物の審査員に向かうようにだ。

「私は魅力的な女性というのは、自分に自信を持ち、そしてさらに上を目ざして努力している女性だと思います」

麗奈もまた、キャンプ始めのぎこちなさが消えている。よどみなく語り始めた。

「私は自分の背の高さが、嫌で嫌で仕方ありませんでした。首が長過ぎるので、〝キリン〟といじめられたこともあります。自分を少しも綺麗な女の子だと思えず、長いこと劣等感に苦しんでいました。けれどもミス・ユニバースに応募して、予選を勝ち抜いていくうちに、私の中に大きな自信が生まれたのです。背が高いこと、美しいことは立派な能力だということを、ここに来て教えられたのです。私は今、それに深く感謝しています。自分がとても大きな能力を持っていると教えられた今、私はこれを生かしてもっと有意義な人生をおくりたいと、真剣に考えています……」

あたりがシーンとした。麗奈のスピーチに心をうたれたというよりも、何もこんな場所でこれほどシビアに喋らなくても、というややシラケた思いであった。

「サンキュー。わかったわ」

　エルザが立ち上がる。

「レナ、あなたのスピーチは少し長過ぎます。それから短い時間に人を感動させることはとてもむずかしい。これを憶えておきなさい」

「わかりました」

「本当のことを言ったからといって、必ずしも他人が心をうたれる、ということはないわ。短い時間に、会場すべての人の心をとらえるというのは、とても高度なテクニックが必要なの。それには言葉をもっと磨かなきゃいけない。そしてあなただけの特別のエピソードを持っていなくてはいけない。キリンの話だけでは少し弱いわね。わかった？」

「はい……」

「それじゃあ、キャンプの最後に、私からみんなに伝えたいことがあります。みんな席について頂戴」

　ファイナリストたちは順序よくステージを降りた。イブニングドレスにたいていい十センチのヒールを履いていたが、みなまっすぐに前を向き優雅に階段を降りることが出来た。レッスンの賜（たまもの）だった。

　エルザはステージの真ん中に立った。小柄な彼女だが、身ぶりが大きいのと独特の存在感であたりを圧した。何よりもエルザは、人の心をつかむということを熟知していた。通訳する由希は、出来るだけ彼女が喋ることのニュアンスを正確に伝えようといつも思う。

「ビューティーキャンプは、これでおしまいよ。みんなよく頑張ってくれたわ。ありがとう」

ファイナリストたちから自然に拍手がわき起こった。

「キャンプはこれでおしまいだけれども、本番のコンテストは四日後よ。みんなこの四日間に、一グラムたりとも体重を増やしてはダメよ。今日このキャンプから出たら、留置所から出たような気分で、チョコやハンバーガーを食べたりしないでしょうね。わかってるわね」

今度は笑いが起こった。

「今日から四日間は、自分で自分を仕上げる時間に使って頂戴。それから最後に私はあなたたちに言っておくべきことがあるの」

エルザは急に真面目な顔になり、十二人のファイナリストたちを見渡した。彼女たちは当然由希からもよく見える。イブニングドレスを着た類いまれな美しい女たちが、これだけ集まっているのは壮観であった。スパンコールやラメが眩しい。

「このビューティーキャンプは、あなたたちの外側だけじゃない、あなたたちの生き方も変えたはずよ。今、レナも言ったわね。このキャンプに来て、初めて自分の価値がわかったって。いい？　あなたたちは人と比べて美し過ぎることで、不当に貶められてきたはずよ」

向こう側のキラキラと光る集団はしーんと静まる。

「あなたたちほど自分と向かい合ってきた人たちはいないと思う。ある日、少女の頃、自分が他の女の子たちとあきらかに違っていることに気づいたあなたたちは、いったいどうしようとした？　自分が美しい、ということを少しも知らない女の子としてふるまっていたと思うの。だけど他の女の子たちはやがてあなたをいじめる。自分たちから排除しようとしたはず。その代わりに男の子たちが群れをなしてあなたたちのところにやってきた。違う？」

あちら側からかすかな笑いが漏れた。

「だけどあなたたちは、同性から嫌われたくなかった。だからどんなに行動に気をつけたでしょう。わかるわ。このミス・ユニバースのファイナリストになった女性は、みんな同じ悩みを私にうち明けてくれた。自分がどのようにふるまえばいいのか、子どもの頃からわからなかったって。でももう悩まなくていいの。あなたたちは美しい。これを誇りに思い最大限に使いなさい。世間というのは嫉妬深いからあなたたちに言うかもしれない。賢い、というのは自分で努力して身につけたものだから価値がある。だけど美しさなんて生まれつきのものだから価値はぐっと低いのだと、あなたたちに向かって言うかもしれない。だけど私は言いましょう。あなたたちの美しさの方がずっと価値があります。なぜなら美しさは、多くの人たちを幸福にするから」

エルザはまるで司祭のように、両手を挙げた。

「私の祖母の話をしましょう。五年前に亡くなったけれど、生きていたら九十一か二になるわ。私たち一族はユダヤ人なの。代々フランス人としてフランスで暮らしていたわ。だけれども、第二次世界大戦の最中、異国民と見なされたの。そしてフランス政府の手で、ナチスにひき渡されたのよ。祖母の家族はみんな収容所で死んだわ。だけど祖母だけは生き残ることが出来たの。それはなぜだかわかる？　彼女はとても美しかったから」

エルザは再び皆を見渡す。ベリィ・ビューティフルと力を込めて言った。

「国外の収容所に移送される時、祖母は一人逃げたの。そして逃げて逃げて田舎の農家にかくまってもらったのよ。そして終戦までそこの納屋の二階で生き抜いたわ。どうしてそんなことが出来たかというと、二十歳（はたち）の祖母は輝くように美しかったの。祖母が私に言ったことがある。泣きながら手を合わせて助けを乞うた私は、まるで天使のように清らかで美しかったと思うわ。私の美が農家の老人夫婦の心を動かしたのと、祖母は私に言った。

その話は私の心をうった。美しさというものが、どれほど人を動かすかということよ、私の娘たち……」

それはエルザが、ファイナリストたちに対する呼びかけに使う言葉だ。

「私の娘たち。四日後全力を尽くしなさい。私の祖母は美しさによって命を得たけれども、あなたたちは美しさによって、富や栄光、さまざまなものが手に入るはず。どうぞ、あなたたちの美を最大に有効に使いなさい。美はあるところ以上までいくと、人々から純粋な尊敬をかち取るはず。私の娘たち。あなたたちはみんなそこまでたどりつくのですよ。これでビューティーキャンプは終わります」

まばらな拍手が起こった。今、拍手をしていいのか様子を見る拍手だった。やがてそれは大きな力強いものとなった。

「私、エルザという人を少し見直したわ」

会場の後始末をした後、由希はナミコと居酒屋へ寄った。そして生ビールを注文した。長いビューティーキャンプがやっと終わったのだ。こういう日に生ビールを飲める幸せをふと思う。彼女たちほど美しくなくてもいい。飲みたい時に冷たいビールを自由に飲める幸福の方がずっといいような気がする。

「エルザのお祖母さんの話。感動した」

「あぁ、あれ。この頃キャンプの終わりの日に必ずするのよ」

「そう」

「でもちょっと違うような。エルザのお祖母(ばあ)さんは今もアメリカで暮らしている、という説もあるのよ。でもいいんじゃないの。誰もエルザの実家をあれこれ確かめるわけじゃないし」

「そういえばそうよね」

「とにかくキャンプは終わったのよ」

二人はジョッキをカチンと合わせた。

11

〈ビューティーキャンプ終了の次の日〉

ビューティーキャンプのスタッフ打ち上げは、早々と切り上げた。

「明日から私たちは、地獄のキャンプに突入よ」

というナミコの言葉に従ったのである。

確かにそのとおりで、ビューティーキャンプから日本大会開催までの三日間で、由希たちはさまざまなことに対応しなくてはならない。

東京国際フォーラムのホールAを仕切るために、大きな企画会社が入っていたが、ファイナリストのめんどうを見るのは事務局の仕事であった。

由希はタイアップしてくれる「サロン・ド・カガ」のヘアメイクたちと細かい打ち合わせをしていく。

「サロン・ド・カガ」は、都内に四店舗を持つ人気サロンだ。オーナーの加賀裕樹(かがゆうき)は〝カリスマ美容師〟の走りで、今もよくテレビや雑誌に出ている。

ゲイが多い美容業界にあって、彼の女好きはあまりにも有名だ。成功の証のように、担当した女優やタレントと浮き名を流し、今の二番めの妻はかつてのアイドル歌手であったから、結婚した時は週刊誌に大層騒がれたものだ。

それはいいとして、当日加賀が手がけるファイナリストは一人だけだ。後の十一人は彼のスタッフが担当することになる。店のチーフを任されているようなベテランならともかく、美容学校を出たての若いコも駆り出されると聞いて由希は驚いたものだ。

「そんなの平等じゃないわ。いくらキャンプで差が出たっていっても、ヘアメイクで露骨に上下つけるっていうのは」

「たぶんエルザは、カレンか麗奈に加賀さんをつけるつもりよ」

「そうなの？　でも学校出たての若いコにあたったコは可哀想。どうして一人一人、ちゃんとしたヘアメイクつけてあげないのかしら」

「そりゃあ、エルザがケチってるからよ」

「どうして？　東京国際フォーラムのチケットなんて、SS席が五万円とかよ。ちょっとした海外大物歌手のコンサートの値段じゃない。このチケット代に加えて、世界事務局からだって、すごくお金が出ているんでしょ」

「でも由希ちゃんも知ってるでしょ。当日のお弁当は、八百五十円のお弁当なのよ。エルザの大嫌いな揚げ物と炭水化物がどっさり入っているやつ」

「私も不思議で仕方ない。今どきどこのコレクションだって、バックヤードは素敵なケイタリングだわ。ミス・ユニバースの日本大会が、そこらのお弁当だなんてびっくり」

「エルザは大会に出来るだけお金を遣いたくないの。だからファイナリストのために軽くつまむフルーツもお菓子も用意しないのよ。太るっていう理由でね」

「どうしてそんなにケチるのかしら」

「そりゃあ、稼ぎ時だからよ」

ふふっとナミコは意地の悪い笑みをうかべた。

「確か、日本大会で得た利益の何パーセントかは、彼女の懐に入るはずよ。だから彼女はここでお金を遣いたくないの」

「そうはいっても……」

「ここだけの話……っていってもみんな知ってることなんだけど、おとし日本大会の優勝者にジャガーが提供されたの」

「す、すごい！」

「だけど、何のかんの言って、今ジャガーを乗りまわしてるのはエルザでしょ。あなたも見たとおり。彼女はね、いいところもあるけど強烈過ぎてついていけない時があるのよ。おそらくこの三日間のうちに、すごいことが起こるはず」

「ビューティーキャンプの時よりも?」

「甘い、甘い! キャンプの間は、彼女はかなり自分を抑えているの。これから日本大会に向けて、どんどんハイになっていってそして爆発するの……。あ、お出ましだわ」

幾何学模様のカシュクールのワンピースを着たエルザが、ドアを開けて入ってきた。彼女の機嫌がいいか悪いかは、その音でわかる。荒々しく閉める音だと、事務所の中にさっと緊張が走った。

「全くバカげてるわ」

早口の英語は、由希やナミコでさえ聞き取りにくいほどだ。

「全くこんなことってあるのかしら。私はもう混乱するやら、腹が立つやらで。どうしていいのかわからないのよ」

「いったいどうしたんですか」

事務所を代表してナミコが聞く。このタイミングがむずかしい。彼女が一人怒鳴っている最中、うまく入り込まないといけないのだ。

「ミユが突然、日本大会に出場しないって言ってるのよ」

「え？　まさか」

「そうなの。昨夜遅く私のケイタイに電話があって、土曜日の日本大会はどうしても出られないって」

「どうしてですか」

ナミコが気色ばんで尋ねた。これは大変な事態だ。直前に一人抜けると、舞台の演出もダンスのフォーメーションもすべて変えなくてはならない。

「わからないわよ。私にだって！」

エルザは苛立たし気に首を横に振る。

「私だって遅くまで彼女を説得したわよ。キャンプが終わって私もヘトヘト。今夜はワインでも飲んで、ゆっくり休もうとしたとたん、突然ミユから電話があったの」

「おかしいわ。キャンプの最終日も、土曜日の日本大会頑張るって、彼女張り切っていたんですよ」

ナミコの解釈はやや違うかもしれないと由希は思った。彼女たちの本音は
「このキャンプに耐え抜いたら、どんなことでも出来ると思う」

というものであった。美優も由希にはこんなことを漏らしている。

「このキャンプに比べたら、日本大会なんてどうってことないと思うわ」

それにしても、美優が突然出場を取り消すとは不可解な行為であった。医学生で聡明な彼女なら、優勝候補の自分が抜けた事態を十分想像出来るはずである。

「親に反対されたのかしら」

とナミコ。

「いいえ。そんなわけないわよ。彼女は学生だったから、親の承諾を取ったはずよ。もし親の反対で出られないことになったら、かなりの賠償金を請求出来るって、うちの弁護士は言っていたわ」

それでは美優の電話の後、深夜か早朝、どちらかに弁護士に相談していたのかと、由希は今さらながらエルザのバイタリティに驚嘆してしまう。

こんな人間を絶対に敵にまわしてはいけないと、美優に言ってやりたい。

「それで彼女はここに説明に来るんですか」

エルザに尋ねた。

「それが信じられないのよッ！」

由希がまるで美優だというように睨みつけた。こういう時、白人の女の顔は本当に迫力がある。

「私は事務所に来て説明しなさいって言ったんだけど、それもイヤだって」

「そんな無責任な……」

「じゃあ、あなたの家まで行くわ、って私が言ったら、それも絶対にイヤだって」

「じゃあ、どうしたらいいんですか」

「ミユはそこそこ英語が出来るけど、電話でやり合う能力はないわ。だから私が電話でがんがん言ったらすっかり脅(おび)えてしまって」

それはわかる。

「自分の家の近くだったら会うって言うのよ。まあ、何て自分勝手なガールでしょう。私は日本に来て、ここの国の女性について知っているつもりだったけど、今回はびっくりよ。あまりのことでうまく対応出来ないわ。それに、私は今日、スケジュールがいっぱい。ねえ、ナミコ」

「ええ、そうです。土曜日に向けて、テレビの取材が二つ、スポーツ紙が一つはいっています」

「そんなわけで、ユキが彼女を説得してきて頂戴」

「私がですか！」

「そうよ。あなたはミユと仲がよかったじゃないの。ファイナリストたちは、ミユだけじゃなくて、あなたにはいろいろ話しているみたい」

「そうでしょうか」

さすがによく見ていると思った。エルザはもちろん、長年事務局に勤めていてエルザにいちばん近いと思われているナミコには、みんな距離を取っている。が、由希は年も若く、事務局に勤めて間もない。いろいろエルザに対する愚痴を聞いてやっていたのは事実なのだ。

「とにかくすぐミユに会って。そして必ずコンテストに出場させるのよ」

「私に出来るかどうか……」

「何言っているの」

エルザは再び由希を強い目で見据える。アイラインをくっきりひいた完璧なメイクだ。

「あなたは私の代理として行くのだから失敗は許さないわ。私と同じようにふるまいなさい。そうすればきっとうまくいくはずだから」


小さな私鉄の駅前に、ドトールと洋菓子店があった。美優が指定してきたのは洋菓子店の方だ。ここの二階がティールームになっているという。

奇妙なほどロココ風に装飾したらせん階段を上がると、隅のテーブルに美優が座っているのが見えた。ほとんど素顔でTシャツとデニムを着ていたが、それでも美優は美しかった。白く小さな顔が、人工の光の下で浮かび上がって見える。近くにいた中年女のグループが、ちらちらとこちらに視線を送ってくるほどだ。

「エルザ、すごく怒ってるでしょう」

まず彼女が口にしたのはこの言葉であった。

「すごくね」

そう言った後、こうつけ加えた。

「でも怒ってるのは、美優ちゃんが絶対に戻ってくると信じているから」

美優は気弱な微笑を浮かべた。それは由希にとって初めて見るものだった。

「ねぇ、いったい何があったか話して頂戴。私なら大丈夫でしょう」

「でも……」

「何?」

「理由を聞いたら、由希さん、私のこと軽蔑すると思う」

「軽蔑なんかしないわよ。カレシにダメって言われたんでしょう」

「わかる?」

「わかるわ。ナミコさんは、きっと親に反対されているんだろうって言ってたけど、私はカレシだと思った。若い女の子が皆に迷惑かけてもって思いつめるのは、カレシしかいないもの」

「キャンプ最終日、まっすぐカレのところに行った。そうしたら言われたの。大勢の人間の前で水着着て歩くのか。そんなことしたら絶対に別れるからって……」

もともと美優はスカウトされた組である。エルザではなく、委託している事務所が渋谷で彼女を見つけたのだ。ミス・ユニバースに応募しないか、と誘われていると話した時、最初彼は笑ったという。美優はぺちゃぱいだし、モデルのような体型もしていない。一次で落ちるに決まっていると断言したそうだ。

「それが二次、三次をとばしてファイナリストになったと言ったら、だんだん機嫌が悪くなったんです。医者になろうっていう女が、頭じゃなくて外見で勝負するつもりなのか。ミスコンテストに出るのなんか、みんな頭からっぽの女たちだ。そういう女たちと一緒に、裸みたいな格好して人前歩くの、そんなに楽しいかって！」

「バカって言えなかったの」

「えっ？」

「バカ、そういうの嫉妬じゃないの。私はそういう心の狭い男とはつき合いたくない。もう別れる、ってどうして言えないの」

「言えませんよ……」

「なぜ？　美優ちゃんはこんなに綺麗で魅力的なんだよ。どうしてもっと強く傲慢になれないの。世の中の女の子なんか、えっ？　と思うようなレベルでもものすごい強気だよ。それなのに、どうしてあなたほどの人が、そんなに弱気なのよ。私、不思議でたまらないよ」

「だって私、本当に自分に自信ないですよ。子どもの頃からずっと言われてました。お姉ちゃんに比べて、ずっと頭も顔も悪いって！」

「ちょっとォ」

由希はもう少しでむせそうになった紅茶を、大急ぎでごくりと飲み込んだ。

「美優ちゃんよりも頭がよくて綺麗な人間が、この世に存在するんだ」

「うちの姉は本当に美人ですもの」

「それで今、何してるの」

「アメリカの大学に留学している時に、あちらの人と結婚しました。うちの両親は理学博士になってくれることを望んでいたんですけど、今はただの主婦になっているんです。ですからがっかりした分、私に期待するようになって……。だけど今までないがしろにしていたのに、急に医学部に入ったからって私を認めるっていうのが、なんか口惜しいっていうか……。私もうまく説明出来ないんですけど。ごめんなさい……」

美優の頬にひと筋、ふた筋、涙が伝わる。それを小さく畳んだハンカチで拭いた。

「ごめんなさい……。私、自分でも支離滅裂なことしてるのわかってるんです。ビューティーキャンプを必死でやって、エルザも私のことを認めてくれて、なんかちょっと自信を持てそうな気がして、両親も大喜びで見に来るって言って……」

「ご両親は反対してないんだ」

「そうなんです。まわりの人にも自慢して、土曜日はうちの看護師さんたち連れてくるみたい」

ファイナリストたちは、当日家族用に五枚のチケットが渡される。

「そうしたら私、また、なんか怖くなっちゃったんです。日本代表になるのは無理としても最後の四人に残らなかったらどうしよう。また両親を失望させることになるかもしれないって考えているところに、彼が私を全否定するようなことを言ったんで、私、コンテストに出るの、本当にイヤになっちゃったんです」

「わかった」

由希は大きく頷いた。

「根はかなり複雑だね。いろんなものが美優ちゃんにからみついて、身動き出来なくしてるんだね。でも少しずつ取り除いていこう。まずいちばんやりやすいのはカレシだね」

「彼ですか」

「いったいどんな人なの」

「大学の先輩です」

「じゃあ、もうお医者さんなんだ」

「いいえ、それが国家試験落ちちゃって。今は勉強中です」

「じゃ、まずはそれからいってみよう。これから会えるかな」

「彼に会うんですか」

「そうだよ。私の方からお願いしてみる」

「無理ですよ。人の言うこと、あんまり聞かない人だし」

「でもちょっとメールして聞いてみて。今から三人でご飯食べてもいいし。彼はどこに住んでいるの」

「用賀(ようが)です」

「だったら車ですぐじゃない」

美優はスマホを動かしていたがやがて言った。

「今からどこかでご飯食べるのＯＫだって。あの、申しわけないけど、由希さん、私のただの友だちってことにしてもいいですか。ミス・ユニバースの事務局の人って言ったら、彼、絶対に来ないと思うんで」

「ＯＫ」

やがて二人は立ち上がった。歩き出すと美優のプロポーションのよさは際立っている。大野カレンや佐々木麗奈に比べると、体のつくりがいささか見劣りすると言われる美優であるが、こうして街中に立たせると、ふつうの女とはまるで違っていた。そしてウォーキングの見事さも。彼女が通り過ぎるのを、さっきの中年女たちがぽかんと見惚れていた。

後ろに続く由希の耳に、

「すっごく綺麗なコね」

「モデルさんかしら」

とささやく声が聞こえた。

二人はタクシーで用賀へ向かった。いつもなら事務局は、タクシーの使用を認めていないがこの場合は仕方ないだろう。

「私のようにふるまいなさい」

とエルザは言ったのだから。

用賀の駅前の焼肉屋に入った。彼が予約をしていたらしく、奥のテーブルに通された。美優は由希と同じく、ビールの小グラスをオーダーした。

「ビールはダメよ。キャンプの後で飲んだりしたら顔がむくむわ」

「でも私は土曜日、行かないから」

「いいえ、美優ちゃん、あなたは絶対に行く。行かせてみせる」

「そんな……」

美優はうつむく。傲慢なようでいて時々自信なさ気なところを見せることもあったが、今日はそれが全開になっている。

「彼ってどんな人なの」

「やさしいふつうの人です」

「ふつうの人があんなこと言うかな。ま、いいや。どんなところが好きなの」

「だから、やさしいし……」

「初めて迫ってきたし……」

「どうして由希さん、そんなことわかるの」

「わかるわよ。美優ちゃんにとっては初めての人なんでしょ」

「いいえ、二人めよ。一人めは高校の時、私から好きになったの。でもすぐにフラれちゃった。今の彼、大塚(おおつか)さんっていうんだけど、最初からものすごく積極的で……あ、彼が来たわ」

美優の顔がぱっと輝く。

美優の恋人は、背が高くほっそりとしていた。眼鏡をかけた顔立ちは平凡で、どこにでもいる青年だ。特別に美男子というわけではない。けれども、

「大塚です。お待たせしてすみません」

と由希に挨拶するさまは、いかにも良家の子息という感じだ。美優に尋ねたところ、岐阜の大きな病院の長男だという。ダークブルーのポロシャツも、よく見るとブランドのものであった。

まずはビールで乾杯した。美優が平気で生ビールを口にするので由希は気が気でない。本番まであと三日。本当ならば体を絞り切るところなのである。

「今日は私のおごりなので、どんどん食べてくださいね」

遠慮してなかなかオーダーしない二人に、由希はそう声をかけた。今日の費用はもちろん請求するつもりだ。エルザは、

「どんなことがあっても、美優を連れてくるように」

と命令したからである。

「それじゃあ、カルビにロースを二人前ずつお願いします。ロースは上ロースでいいですか？　上じゃないとヘンな脂肪がついてくるから」

大塚は金に無頓着とも、健康に神経質ともどちらにでもとれる発言をした。やがてワカメサラダが運ばれてきたが、美優はかいがいしくそれを皿に取り分けた。手渡ししても大塚は平然としている。その様子が二人の関係を物語っていた。

美優は由希をバイト先で知り合った人と紹介した。

「ああ、あのモデル事務所ですか」

大塚は納得したようだ。

「道理で綺麗な人だと思いましたよ」

「ありがとう。でも私はモデルをしてるんじゃなくて、裏方をやってるんです。ボスの通訳をするのが仕事なんですよ」

「だよなァ」

大塚は勝ち誇ったように、大きく頷いた。

「美優にもいつも言ってるんですよ。同じバイトするんでも知的な仕事をしろって。由希さんみたいにこんな綺麗でも、モデルなんてミーハーな方にはまわらず、通訳やってるじゃないですか。それなのにこいつ……」

美優の方を顎でしゃくった。

「渋谷でスカウトされたら、ホイホイついてっちゃったんですよね」

「美優さんは仕方ないわよ。私なんかよりずっと若いし綺麗だもの」

「だって美優は医者になるんですよ。それなのにどうして、頭がからっぽの女たちと同じ仕事をしなきゃいけないんですか」

「モデルが頭からっぽとは限らないわ」

由希は注意深く答えた。

「頭が悪い人は、一流のモデルにはなれないもの。特にパリコレやニューヨークコレクションに出る人は、語学が出来ないとダメだし。それ以前に、カメラマンやデザイナーの要求にどう応えるかを、とっさに表現しなくてはならないんですよ」

「そうかもしれないけど、モデルをやることが美優のためにいいことだとはちっとも思えませんよ。それどころかこいつ、今度はミスコンテストに出るって言ってるんですよ。笑っちゃいますよね」

「どうして笑っちゃうのかしら。ミス・ユニバースでしょ。私も聞いているわ。土曜日見に行くのを楽しみにしてるの」

何か言いかけた美優を目で制した。

「だってこいつ、ミスコンテストに出る柄じゃありませんよ」

「そんなことないわよ。だってファイナリストに選ばれたんでしょう。何千人の中から、最後のたった十二人に選ばれるってすごいことだと思うわ」

「冗談じゃないですよ」

彼は網の上のカルビを箸でつつきながら、うっすらと笑った。その唇の薄さで次の言葉が予想出来た。

「ミスコンテストなんて。裸みたいな格好で男の前をちゃらちゃら歩くんでしょう。僕には耐えられませんね」

「恋人として」

「そう」

彼はきっぱりと言いはなち、その横顔を美優はうっとりと眺める。

「それって嫉妬じゃないの」

「もちろん嫉妬ですが、それが悪いですか。恋人として、好きな女性の水着姿をどうして他の男に見せたいと思いますか」

「それなら、これから美優は海辺やプールにいっさい行けないわけね」

「それとこれとは話が違いますよ。ミスコンテストの場合は、女性の体を値踏みするためにあるんです。胸が大きいか、ヒップの位置がどうかってね。泳ぐために水着になるのとは根本的に目的が違いますよ」

さすがに医大を出ているだけあって弁が立つ。

「でもね。一度は美優はそうなることを承諾したの。ちゃんとエントリーしたのよ。彼女は自分の美しさに初めて自信を持てた。そしてそれを正当に評価してもらいたいと思った。そのことは決して悪いことでも、頭がからっぽの女がやることでもない。いい、女の価値を決めることは幾つもある。頭のよさややさしさは大っぴらに評価の対象にされるのに、美しさだけはどうしてないがしろにされるのかしら。いちばんみんなが気にかけていることなのに、どうして美しさで人を判別するのはいけないと思うふりをするの。美優はそういう欺瞞性を自分自身であばこうとしているんだと私は思うの」

「あなた、いったい誰なんですか」

「私、こういう者です」

ハンドバッグから名刺を出して、白い紙エプロンをつけた男に渡した。

「ミス・ユニバース日本事務局……さっきから何かヘンだと思ってたけど、こういうことなんですね」

「失礼。つい出しそびれてしまったの。あなたのモデルやミスコンに対する発言があまりにも偏見に充ちてるから」

「偏見とは思いませんよ。世間一般の男なら誰でも考えることでしょう」

「私はそうは思わないわ。土曜日のコンテストには、美優のお父さまもいらっしゃる。それからたいていのファイナリストたち、恋人が見にくるの。自分の愛する女性がいかに人々の賛美をあびるか見にくるのよ。大塚さんはどうしてそんな寛大さを持てないのかしら」

「美優のお父さんは、ミスコンの実態を知らないからですよ」

ふんと顔をそむけた。

「でもご家族も喜んでくれているコンテストですよ。それもご当地ミスコンじゃない。ミス・ユニバースという、世界で最も歴史と権威を持つコンテストなんです」

設立の歴史は、本当は違うかもしれないが別に構わないだろう。

「僕には関係ありませんよ、そんなこと。ただ僕は大切な恋人に出てほしくない。それだけです」

「失礼だけど、大塚さん、あなたはいつまでも美優を囲いたいんじゃないの」

「囲いたい？」

「そう。美優はこんなに美しくてしかも医学生。本当ならば傲慢で自信たっぷりな女性になってもいいはずなのに、びっくりするくらい謙虚なの。自分のことを過小評価してる。私が見てるとね、あなたは美優のそういう弱さにつけ込んで、自分の思いどおりにしたいんじゃないの。彼女がこのコンテストで自信をつけて、自分のところから羽ばたいていくのがイヤなのよ」

「失礼な人だな。僕はもう帰りますよ」

立ち上がろうとする大塚の腕を、由希は強く引っぱった。もう美優の顔を見ないようにする。エルザだったら、今この場所でどうふるまうかを考えた。

「あなたね、いばるのは国家試験通ってからにしなさいよ」

「何だって」

「あなたの話聞いてると、どうしたって浪人中のニイちゃんがごねているようにしか思えないのよ」

「おい……」

「黙って聞きなさい」

この男より自分はいくらか年上だ。そしてエルザがついていると、由希は深呼吸する。

「いい？　私たちはお遊びでコンテストをしているわけじゃないの。私たちはニューヨークの本部から一人三百万円の予算をつけてもらってビューティーキャンプをしたわ。そしてファイナリストを育てたの」

ホテルをスポンサーにし、本当はそれほどかかっているわけではなかったが、この際どうでもいいことであった。

「もし美優が日本大会に出ないことになったら、私たち日本事務局の名誉はガタ落ちになるし、演出もすべていろいろやり直しになる。大変なことなのよ。もちろん美優に賠償請求するわ。三百万円どころじゃない。もうね、学生さんのやきもちじゃ済まない話なのよ。当然週刊誌沙汰になるわよね。美優はもちろん、大塚さん、あなたの名前も出るでしょう」

「脅かしてるんだな」

大塚の肩が小刻みに上下するのがわかる。

「こんなの恐喝じゃないか。うちの父親の弁護士に徹底的にやってもらう。それでもいいんだな」

「どうぞ。望むところよ」

にっこりと笑った。全く今の自分はエルザが乗り移ったようだ。こちらが強くなればなるほど、相手は小さく卑屈になっていくのがわかる。

「裁判はアメリカ人の得意とするところよ。世界の大金持ちを相手どって、心ゆくまで裁判をなさい。だけどアメリカの賠償金は、ご存じのように日本とはケタが違うわ。あなたのご実家の財産も、あなたの未来もすべて根こそぎ持っていくことになると思うわ」

大塚は何か言いかけたが、口を開けたまま大きなため息となって消えてしまった。

「さあ、美優、私と行きましょう」

「え！　このまま」

「そうよ。あなたをこのまま置いとくと、この男に引きずられてしまうわ」

「そんな……」

「私はこんな男、やめなさいって言うけど、美優は好きなんでしょ。続けるしかないわね。だけどそれは来週からにして。とにかく今は私と一緒にここを出るの」

美優の手を引いて立ち上がらせる。冷たい小さな手だった。

「さあ、行きましょう。来週になったらあなたはきっと変わるはず。今、決心するのよ」

奥の席から二人は歩いた。まわりの客たちは箸を置きじっとこちらを見ている。騒ぎを聞いていたのかと思ったが、それだけではないらしい。青ざめた顔をして、深いピンクのTシャツを着た美優があまりにも美しいからだと由希は気づいた。


「それでミユを、そのままホテルに入れたっていうのね」

エルザは脚を組み直す。彼女が脚を組んで話をするというのは、あまり機嫌がよくない時だ。

「はい。一回うちに戻って着替えを取りに行きたいって言ったけれど、下着と簡単な化粧品はコンビニで買って済ませました。とにかくあの男と離さなきゃ、と思ったもので」

「それは賢い作戦ね。でもコンビニの化粧品じゃなくて、自分のいつもの化粧品を使わせなきゃ」

「そうですね。ですから私が同行して、明日にでも彼女のマンションに行くつもりです。着替えを取ったりしなきゃなりませんから。それからケイタイは私が預かってます。コンテストが終わるまでっていう約束で」

「ひぇーっ」

と声を上げたのは広報のナミコである。

「由希、すごいわ。なんかタレントを無理やり恋人から引き離す、悪徳芸能マネージャーみたい」

「悪徳は余計でしょう。とにかく私は、美優を連れてくるのに必死だったんですから」

だけど、とエルザが唇をゆがめた。

「どうしてミユは私に謝罪に来ないの。まずはそれからでしょう」

「それはもうちょっと待ってください」

由希は早口の英語で応える。

「ちょっとナーバスになっているんです。ですからホテルのジムとエステの予約をがんがん入れて、今はコンテストのことだけ考えさせるようにしています。前日のリハーサルの時、私がついて必ず謝りに来させるようにします」

「だけどね、ものごとにはケジメっていうものがあるわ。日本人が大好きな、ケジメ」

そこだけを皮肉そうに日本語で発音した。

由希は勇気を出して言う。

「エルザ、今、あなたは何を望んでいるのかしら。美優が当日ちゃんと舞台に立つことかしら。それともあなたの怒りがちゃんと静まることでしょうか……」

二人はしばらく見つめ合った。ＯＫ、と言ったのはエルザの方だ。

「私は言いたいことが山のようにあるけれども、とにかく土曜日までは我慢するわ。それからミユだけを特別扱いには出来ません。だからホテルはランクを落として、うちのスポンサーのところにしなさい」

そう言い残してエルザは出て行った。今から演出家との打ち合わせがあるのだが、英語が出来る相手なので通訳の由希はいらないということであった。

あとにはナミコと由希が残される。

「由希、あなたはよくやったわよ」

ハイタッチする。

「何年かに一人はいるのよ。コンテストの前にいろいろ考え過ぎて出たくない、とか言い出すのが。それから直前になってエルザが降ろしちゃうのも」

「え？　どういうこと」

「ビューティーキャンプをしても、そのレベルに達しなかったコ、エルザが『見るに堪えない』とか言って容赦ないの」

「知らなかったわ……」

とにかくちょっとひと息入れようと、ナミコは事務所の冷蔵庫からウーロン茶のペットボトルを二本取り出した。こういうものは経費でなく、自分たちで買ったものだ。冷たいものをひと息に喉に入れると、あらためて疲れがどっと出てきた。我ながら大胆なことをしたと思う。エルザにこれほどはっきり歯向かったのは初めてかもしれない。

「ねえ、エルザがさっき不機嫌になっていたのはどうしてかわかる？」

ナミコは外国の女がよくやるように、デスクに腰をおろし、脚をぶらぶらさせた。外資を渡り歩いているため、こういう動作がとてもさまになっていた。

「わからない。もっと喜んでくれると思ってたんだけど、私のやり方が気にくわなかったのかしら」

「理由は二つあるわ」

ナミコはゆっくりとデスクから降りた。

「まずあなたが、勝手に美優をホテルに泊め、エステの料金なんかも払っていること。これは日本大会の経費として落ちるだろうけど、エルザとしては不愉快よね。大会の利益の何パーセントかは彼女が受け取ることになっているんだから、出来るだけお金を遣ってほしくないのよ。何しろイベントの間、あんなにチープなお弁当出す人だからわかるでしょう」

「わかるけど、ホテルの三泊ぐらいたいした金額じゃないわ。ツインのシングルユースだから知れているし」

「それでも彼女は、余計なお金を遣われるのは大嫌いなの。それから二つめは、美優が出てくれないのも困るけど、とても目立っても困るっていう、微妙な気持ちでいるからなのよ」

「え？　それってどういうこと」

「まだわからないの。彼女はカレンを優勝させたいに決まってるでしょ」

そういえばと思い出した。エルザが一度だけ、

「ミユだと絶対に世界一にはなれない」

と言ったことだ。楚々とした品のいい美しさを持つ医学生の美優は、日本大会での優勝候補と目されている。しかし、

「ミユは日本人なら誰でも好きになるでしょう。だけど彼女は日本人好みなの。世界では通用しないの」

世界大会で上位に入る女は、ゴージャスでなければならない。長身でしっかりした骨格、大きな胸にくびれたウエスト。そして長い手脚。顔立ちは造作が大きく、華やかさを持っていなくてはならない。

「だからミユじゃダメなの」

とエルザが語っているのを確かに聞いたことがある。

「でもいくらエルザだって、審査員に頼んだりすることは出来ないでしょう」

「あたり前よ。そんなことをすれば大変なことになるわ。だけどね、日本大会の五人の審査員は、あのエステの女社長を除いてみんな男性よ。しかもおじさんばっかり。だったらどう考えてもカレンは不利よね。エルザはキーッてなってて機嫌が悪いわけ」

「そうなの。別に私のせいじゃないわよね」

「もちろんよ。エルザにしてみれば、美優も絶対に必要なの。いろんな女性を取り揃えましたっていう証拠のためにもね。でもこのままだと、美優が優勝してしまうかもしれない。

それでエルザはやきもきしているのよ。ねぇ、今、演出家のところへ行って何してるかわかる？」

「照明や音響の打ち合わせでしょう」

「それもあるけど、カレンをどうやって目立たせるか演出家と相談しているの。女はライトの光でまるで違って見えるものね。いい？　ミス・ユニバースはエルザのものなの。エルザが動かすものなのよ。だから彼女がグランプリを決めなきゃならない。そのためにエルザは、いろんな工作を仕掛けてるの。ねぇ、あの人らしいと思わない？」

12

日本大会二日前。

美優が戻ってきた。

が、相当腹を立てているらしく、エルザは声をかけない。今日のリハーサルでは、立ち位置を変えられていた。それまではセンターの右寄りに立っていたのであるが、十一人のファイナリストの、左から三番めに立たされているのだ。

よく目を凝らしてみると、いや、凝らしてみなくても、そこはセンターとは違っている。ライトは皆に平等にあたっているようでも、端の方に行くにしたがって輝きが薄れているようなのだ。

まずはカジュアルな服を着てのダンスシーンがあるのだが、最後は三角形できめる。が、美優はもうとがった部分にいない。後ろの角に立つことになる。

由希は不安でたまらない。

スタバであわただしいランチを摂りながらナミコが言う。

「センターから降ろしたかったけど、いい口実が出来たってことよね」

「そんなのあり!?」

怒りのあまり、由希は呼吸が荒くなった。

「エルザから言われて、コンテストのために、一生懸命彼女を連れ戻した私って、本当にバカみたいじゃない」

「そう言わないでよ。エルザだって必死なのよ。エルザの夢がいよいよかなうかもしれないんだから」

「だけど、エルザの夢のためにファイナリストたちが嫌な思いをしてもいいってこと?」

「みんなが嫌な思いをするわけじゃない。一人は優勝して日本代表になるんだもの」

「だけど」

つい声が高くなったのだろう。隣のテーブルのグループの一人が、ちらっとこちらを見た。二人はとたんに押し黙る。しばらく沈黙があった。

「ねえ、ナミコさん、ミス・ユニバースの世界一になるってそんなにすごいこと?」

「そりゃそうでしょう。マスコミがわーっと押し寄せてくるわ。おそらく日本代表が世界一になったら、NHKニュースにも出るはずよ」

「日本代表だけならどうなの。日本でグランプリを獲ると、どんないいことがあるの？」

「うーん、そうね。女優になっている人は案外いないわね。それよりも肩書き生かして起業している人が多いかも。コンサルタントや、美容関係の会社を起こして社長になるのよ。もちろん、玉の輿にのる人もいっぱいいるけど、ミス・ユニバースって、世間が考えるほどやわじゃない。キャリア・ウーマンになる人は案外多いわ」

「ちょっと意外だったわ」

考えてみると由希は日本事務局に入って半年近く、美優たちのその後を考えることなどなかった。

「ファイナリストの中には、美優のようにお医者さんになった人もいるの。あとカメラマンとかジャーナリストも」

「あ、私もその人知ってる」

「少なくともこの十年は、美貌も知性もっていう言葉は本当かもしれない。私だってつくづく感心することあるもの。だけど昔はいろいろあったみたいよ。ねえ、由希は飯野矢住代って知ってる？」

「いいえ」

「知ってるはずないわよね。今から五十年ぐらい前のミス・ユニバース日本代表よ。世界大会でも結構いいところまでいったんじゃないの」

「へえー、すごいわ」

昨年近藤沙織が世界大会で五位になった時も、かなりマスコミで騒がれたことを由希は思い出した。

「三年前に週刊誌がね、『ミスたちのその後』っていう特集組んで、私もいろいろ調べてみたの。そうしたら、飯野矢住代のことは、山口洋子の本に出ていたのよ」

「山口洋子って？」

「このあいだ亡くなった有名な作家よ。その前は銀座で『姫』っていう高級クラブを経営してたの。私、二、三冊エッセイを読んだことがある。飯野矢住代って人はね、ミス・ユニバース日本代表になってすぐこの『姫』っていうクラブに勤めたのよ」

「え！　日本代表になってすぐ？　何か、よくわからない話」

まるで女王のように誇り高くふるまっていた、近藤沙織を思い出した。優勝した女性には、世界大会へ出場するためのかなりの支度金が出るはずだ。そしてエルザはじめ日本事務局がしっかりとサポートして、優勝者をさらに美しく魅力的にしていく。いくら銀座の高級クラブといっても、ホステスになる必要はないはずだ。

「その時、山口洋子の本を読んでわかったんだけど、昔は支度金もほとんど出なかったみたい。世界大会へ行くドレスは自分でつくるから、お金持ちのお嬢さんじゃないと大変だったのね。飯野矢住代ってそのドレス代も払えなくて、デザイナーの人を通して銀座のクラブを紹介してもらうの。芸者さんの私生児だったみたい。すごくお金と男の人にだらしなくて、最後は火事で死んじゃうのよ」

「えっ、火事で」

「そう。いろんなお店を転々として、最後は眠っているうちに、アパートで起こった火事の煙にまかれて亡くなるのよ。私、調べてびっくりしちゃった。ミス・ユニバースの日本代表で、こんな悲惨な死に方をした人がいるなんて」

「エルザはこのことを知ってるの？」

「私が、そのところを訳して読んであげたわ。そうしたら彼女はひと言、なんて愚かなんでしょう。それだけ」

「いかにもエルザらしいわ」

「でしょう。さあ、私たちもそろそろ帰りましょう。明日は最終リハーサルがあるわ」

「ねぇ、ナミコさん」

「何？」

「これだけ美しい女にも、いろんなことがあるのね。私は美優にびっくりして、今、また飯野なんとかっていう人にもびっくりだよ」

「そりゃ、そうよ。美人だからって、いい人生をおくれるわけじゃない。だけどいい人生をおくれる確率はずっと高い。それにはずれるコは、やっぱりバカなんじゃない」

ナミコの「バカ」という言葉は、いつまでも由希の心にひっかかった。

最後のリハーサルは、スポンサーたちに公開されていた。といっても、スーツ姿の男たちは照れがあるのか、日本大会当日まで姿を現さない。やってきても、稽古場をざっと眺めてはそそくさと帰っていく。

そんな中にあって、「シュガー&ハニー」の白井(しらい)はかなり図々しい態度である。会社のキャラクターモデルであり、愛人でもある桐谷三香子(きりやみかこ)を連れてきたのだ。

「シュガー&ハニー」は、ネット販売で急成長を遂げた下着販売会社だ。最初はデザイナーの妻と一緒にやっていたのであるが、会社の成長と共に不仲となっていった。

離婚の際の経営権をめぐっての騒ぎはあまりにも有名だ。デザイナーの妻の方は、自分あっての会社だと主張したのであるが、長びくことは得策ではないと判断したのか、途中でお金で決着をつけてしまった。数億円を貰って、ハワイへ移住したと週刊誌の見出しで見た記憶がある。

白井はその後、すぐに別の女性と再婚したはずなのであるが、なぜか同時に三香子とつき合い始めた。

会社のキャラクターモデルという大義名分があるせいか、よく二人でいてもマスコミも書いたりはしない。何よりも「キリちゃん」の愛称で呼ばれる三香子の人気がすごいので、どこも黙認している状態であろうか。

白井は青と白のストライプという、信じられないほど派手なジャケットを着ていた。そこへいくと三香子は、黒のたっぷりとしたカットソーに白いパンツという、愛人よりもずっとセンスのいい格好をしている。彼女はプレゼンターとして、優勝者に副賞の「シュガー&ハニー」百万円分の商品券を渡すのだ。

三香子が微笑みながら稽古場に入ってくると、ファイナリストたちから歓声があがった。

「わー、本物のキリちゃんだ」

「可愛ーい」

「脚長ーい」

彼女たちの反応に、エルザはぷりぷりしていた。

「どうしてあのレベルの女の子に、みんな興奮しているの？　私のファイナリストたちの方がはるかに美しくて魅力的だわ」

「キリちゃんは、雑誌のカバーを飾るだけじゃなくて、この頃はテレビのバラエティにもよく出ているんですよ。ものすごい人気なんですよ」

「私は日本が大好きだけれど、日本人の審美眼には時々うんざりさせられることがあるわ。もしあの娘がミス・ユニバースに応募してきたら、私は三次ぐらいで落とすわ」

「そうですかね。私はとても綺麗だと思いますけれど」

「ノー。痩せて貧弱な女の子にすぎないわ。それにあのメイク、まあ、なんてひどいんでしょう」

「エルザ、聞こえますよ」

「大丈夫。ミスター・シライは、英語は〝サンキュー〟と〝イエス〟しかわからないのよ。だからあんな趣味の悪い女をキャラクターモデルにするのよ」

「でも彼女をキャラクターにしたから、あそこの会社、すごく伸びたんですよ」

「ま、いいわ。この国のそういう部分には目をつぶることにしましょう」

しばらくしてダンスが終わった。ヒップホップのリズムに乗って、一人一人が登場し短い振りで踊る。そして集合して、ダイナミックな振り付けとなり、最後は三角形を組んで終わる。美優は相変わらず端の方にいる。

「ちょっと、みんな集まって頂戴」

エルザは前に立った。今日のエルザは胸が大きくVに開いたニットに、細いパンツを組み合わせている。いつものヒールではなく低めのパンプスを履いているのが「戦闘開始」という感じだ。

「いよいよ明日が本番だわ。今日、私はあなたたちに大切なことを言いましょう」

エルザは、十二人のファイナリストたち一人一人を見つめるように視線をあてた。誰も皆、ビューティーキャンプに集った最初の日よりも、はるかに体が引き締まり美しくなっていた。

「明日あなたたちは美を競うんじゃないの。魅力を競うのよ」

エルザの早口を通訳するのも慣れてきたと由希は思った。

「美というのは、魅力という宇宙のひとつの星よ。とても大きくて偉大な星だけれどね。その他に知性ややさしさ、それから強い意志、たくさんのもので魅力という宇宙はつくられているのよ。あなたたちは明日、その宇宙ですべての観客を自分のものにしなさい。わかったわね」

ファイナリストたちは大きく頷いた。

「それからしつこいようだけど、明日の注意事項を言います。いいわね」

大あわてでバッグを探しに行こうとする者がいる。メモを取るためだ。

「いいの。メモしなくても。私の言ったことをちゃんと頭にとどめておきなさい。まずヌーブラ禁止。この世にあんなにみっともないものはありません」

エルザがどうしてこれほどヌーブラを嫌うのか由希にはわからない。イブニングドレスを着る時には、ストラップレスにするか、いっそノーブラにしなさいというのがエルザの主張だ。胸が大きく開いたドレスからちらりとあれが見えると、すべてが興醒めになってしまうと言う。

訳しながら由希は、

「客席からどうして舞台のヌーブラが見えるんだろう」

と思ってしまうが、もちろん反論出来るわけはない。いずれにしても、胸の大きさと形にエルザはとてもこだわっている。大人の女の体にいちばん大切なのはめりはりで、大きく豊かな胸があるからこそ細いウエストが生きるというのだ。

ほっそりした美優の体つきは、エルザに言わせると「まるで棒が立っているみたい」ということになる。エルザに、日本の女は顔はいじるくせに、どうして胸は大きくしようとしないのかと聞かれ、

「日本の男は、そう大きな胸は好きではない」

と由希は答えたものだ。日本の男たちにハリウッド女優のような長身・豊かな胸・厚い

唇は必要ない。それよりも品のいい端整な顔立ちに、つつましい体が好みなのだと何度言ってもエルザにはわかってもらえない。

「どうして？　どうしてなのかしら」

を繰り返す。

そして日本の女特有の化粧もエルザには理解出来ないことだ。

「ヘアメイクのスタッフには、私の考えは十分に伝えているから、自分で化粧を直すのはダメよ。白粉（おしろい）ではたくぐらいはいいけれど。日本の女性は、少女のようなまん丸いチークを入れたがるけど、あれは絶対にやめなさい。自分は頭の悪い女だと証明してしまうようなものです。つけ睫毛は必要ありません。インサイドのアイラインとアイシャドウでスモーキングにしていけば済む話でしょう。いい？　つけ睫毛とまん丸いチークは娼婦の証よ。どうかこれだけはしないで頂戴」

三香子の表情が変わった。あっさりとしたメイクだが、ピンクの頬紅のそのとおりのメイクをしていたからである。

13

日本大会当日。

東京国際フォーラムのホールＡの楽屋は、途方もなく広い。部屋が幾つもあって迷子になってしまいそうだ。

大きな企画会社が入っているため、廊下はインカムをつけた男たちでごったがえしている。いかにも業界人といった若い男たちが、たえず誰かを呼び出し、誰かと喋っている。彼らは皆、首に「Miss Universe Japan」と書かれたＩＤカードをぶらさげている。由希たちスタッフも同じだ。過去のコンテストで、マニアの男が楽屋にふらふらと入ってきたことがあるらしい。そのために出入り口にはガードマンが立っている。とても大きなイベントが行なわれているのだという昂(たかぶ)りが、由希の心にわき上がってきた。

今まで事務局とファイナリストだけで成り立っていたミス・ユニバースという行事であるが、当日は多大な資本と人が投入されるのだということをまざまざと知らされた。

コンテストは夕方から始まるのだが、午前中に全員が集合し、念入りなリハーサルが行なわれた。何度もライトが直される。さっき見た限りダンスは完璧だった。あれほど踊るのが苦手だった美優なのに、本物のダンサーのようにのびのびと手足を伸ばすようになった。

可哀想なのは桃花で、一団のいちばん後ろに追いやられている。踊っていてもあまり目立たない位置だ。

「もう優勝候補からはずしていますので、あまりお気遣いなく」

というエルザからのメッセージなのである。

当日になっても、彼女はフォーメーションを変更しないようだ。目立つ前面には、優勝候補の大野カレンと佐々木麗奈が並ぶ。そしてやや後ろにいるのが谷口美優だ。

この日、由希たちスタッフがとても気にかけていることがあった。それは最高のヘアメイクを、麗奈とカレン、どちらにつけるかということである。

ミス・ユニバースのヘアメイクには、都内の有名サロン「サロン・ド・カガ」が協賛している。オーナーの加賀裕樹は、テレビや雑誌で活躍するカリスマ美容師の先駆者だ。彼が手がけるファイナリストは一人だけ、あとの十一人は彼の店のスタッフが担当する。エルザは、いったい誰を加賀に託すのだろうか。麗奈だろうか、カレンだろうか……。

ヘアメイク室に決められている個室に入ると、加賀がドライヤーをあてているのは、なんと東野冴子であった。正統派の美人であるが身長がやや足らず、四番手ぐらいの位置にいるファイナリストだ。小さなビジネスを起業したという彼女は、かなり気が強くて知らないうちに派閥をつくっていた。後で知ったことであるが、気が弱い女の子はかなり泣かされたらしい。加賀と彼女は顔なじみらしく、何やら楽し気に話している。

「あー。おはようございます」

あっけにとられる由希たちに、彼女は何ら悪びれることなくにっこりと笑いかけた。

「私、ずうっと加賀さんのお店に通ってたんで、今日もやってくださるって」

「もう一人頼まれてるけど、この後でいいでしょう」

彼は太い指輪を幾つもはめた手を休めることなく言った。

「もちろん構いませんよ」

とナミコは答えたが、麗奈かカレンはさぞかし嫌な気分だろう。他のファイナリストのメイクが次々と仕上がっていく中、いつまでも素顔でいるのは不安なものである。

由希はしばらく冴子がメイクされるさまを見つめていた。同じ化粧といっても、プロのそれはまるで違う。ブラシを何度も往復させて目の上のシャドウをつくり上げていく。蛍光灯の下で見ると相当の厚化粧であるが、舞台の上だとちょうどいいぐらいになるのだろう。プロの手によって冴子の目はさらに大きくなり、シャドウの効果で顔は立体的になっていく。とても美しい顔だ。顔の美しさからいえば、おそらく彼女がいちばんだろう。が、不思議なことに立ち上がって全身となると、冴子は麗奈やカレンに劣ってしまう。体から発するオーラが違うのだ。

ファイナリストたちを見ていると、美というのは総合点だということがよくわかる。顔の美しさ、体の美しさ、内から発するいきいきとした光、そして聡明さ、会話の面白さ、自分をアピールする能力。

エルザの、

「ミス・ユニバースのコンテストは、美を競うものではない。魅力を競うものなのよ」

という言葉は本当なのかもしれない。けれども魅力というものは、美よりも曖昧で複雑だ。万国共通というものでもない。だからこそエルザは、いつも歯ぎしりする思いになるのであろう。

「さあ、ＯＫ」

加賀は冴子の肩をぽんと押した。

「ありがとうございました」

冴子は立ち上がる。その時、由希もナミコもあっと小さな声をあげた。冴子は前髪にまだカーラーを二つつけていた。しかしそれでもメイクを終えた冴子は光り輝くような美に包まれていたからだ。ビューティーキャンプの最中も、彼女のことをこんなに綺麗だと思ったことはない。加賀に念入りなメイクを施され、高いヒールを履いた冴子は、すっくと立つ。そして加賀や、そこにいる由希たちに微笑みかける。

「今日はよろしくお願いします」

彼女と入れ違いに大野カレンが入ってきた。素顔であきらかに不貞腐れている。そして加賀に向かって質問というより詰問をした。

「今からやって間に合うんですか」

「もちろんだよ」

加賀はカレンの顔に、さっとスプレーを吹きかける。

「乳液も日焼け止めもつけてないよね」

「もちろんです」

加賀はメイクの前に両手で頬を持ち上げるマッサージを始めたが、その手つきは冴子の時と比べるとずっとぞんざいな気がした。

司会は俳優の楠浩一郎（くすのきこういちろう）である。俳優というよりもタレントといった方がいいかもしれない。最近はドラマよりもバラエティで活躍している。四十代半ばの彼は、若い頃アメリカに留学していたので、流暢な英語を話す。何よりもタキシードが似合う長身と、甘い顔立ちでこうした華やかなイベントの司会にひっぱりだこなのだ。

打ち合わせのために、企画会社のディレクターと、彼の楽屋のドアをノックした。

「どうぞお入りください」

上着を脱いだ彼は、サスペンダー姿だがそれがとても格好がよい。現場マネージャーらしき若い女が、なにくれとなく世話を焼いている。

「楠さん、すぐドレス・リハーサルがありますが、もうだいたいのことはおわかりですよね」

「もちろんですよ。おととしも昨年もやってるもの。今年は昨年よりもレベルが高いっていうから楽しみだなァ」

楠はテレビで見ているとおりに愛想がよかった。ナミコの情報だと、弁当代もケチるエルザが、彼にはかなりのギャラを払っているということである。

「まずはこういう風に、最初は上手（かみて）から入っていただいて、ここでオープニングが始まります」

ディレクターが台本を見せながら説明する。セリフは目の前のモニターにすべて映し出されることになっているのだ。

「わかりました。そしてここでグランプリの名前を発表するんですね」

「そうです。封筒をお渡ししますから、ゆっくりと開けてくださいね」

「ここのシーン、いつも緊張するんだよなァ、ホント。言い間違えたらどうしようかと思ってさ」

楠が白い歯を見せて笑った時だ。ドアが開いてエルザが入ってきた。

「コーイチ。会えて嬉しいわ」

「エルザ、僕もだよ」

二人はハグをした。こういう時、楠のしぐさは自然でとても決まっている。そして彼は早口の英語でこう続けた。

「あぁ、エルザ。今日もなんて美しいんだ。きみこそ舞台に立てばいいのに」

「ふふふ……。私も実はそう思ってるの」

今日のエルザは、水色のパンツスーツに真珠のネックレスという、主催者側の威厳に充ちた服装をしている。楠のジョークに楽しそうに笑ってみせたが、

「コーイチ、ちょっと後でお願いがあるのよ」

とささやいたのを由希は聞き逃さなかった。

「おそらくエルザは、カレンに焦点を合わせたわね」

控え室に戻った時、ナミコが教えてくれた。

「楠さんに今頃頼んでるはずよ。カレンのインタビューを長くやってくれ。ちょっといじって強い印象を持たせてくれって」

「へえー、直前にですか」

「だから効くんじゃないの。それにエルザだって、今日、舞台に立たせるまで、カレンか麗奈かどっちかに決めかねていたはずよ。だけどやっぱりカレンを勝たせようと思って加賀さんを彼女の担当にしたのよ」

「だけどちゃっかり、冴子が横取りしちゃった」

「そういうこと。エルザも知らないところでね。カレンはかなりぷりぷりしているはずよ」

「でもいくらエルザがカレンを優勝させたくたって、審査員が違う人に入れたらどうなるの」

「問題はそこよ。主催者側が審査員にあれこれ言うのは禁じられているわ。でもね、エルザは直前に審査員たちにこう言うはず。今年こそ絶対に世界グランプリを出したいって。だからそんな風に選考をしてほしいって」

「それって、世界的に通用する、日本代表を選んでほしいってことでしょう」

「それをどう取るかよね。おそらくエルザの言葉を理解するのは、江波あづさだけだと思うわ」

江波あづさというのは、全国展開しているエステティックサロンの女社長だ。大層やり手という評判であるが、童顔なので若く見える。自分のサロンで最高の施術をしてもらっているのだろう、もう六十近いのに艶々した肌をしている。女の審査員は彼女だけで、それが問題だとナミコは言う。

「昔、ミスコンテストの審査員って、有名な画家や作家がなったらしいわ。エルザだって、これだけ頑張っているのに、最後はオヤジたちの好みでグランプリが選ばれるっていうのはつらいわよね」

「本当……」

ビューティーキャンプを経て、エルザは一人のファイナリストを選び出したのだ。しかしエルザは審査員ではない。最後の最後に来て、エルザの思惑はひっくり返されてしまうかもしれないのだ。そう考えると、エルザの努力はなんと空しいのだろうか。

午後六時。いよいよ本番が始まる。東京国際フォーラムのホールAが、二階はともかく、一階はほぼ満員になっている。ほとんどがスポンサーがばらまいたチケットであるが、美女を見たさに男たちもたくさん詰めかけている。ミスコンテストと名のつくものならどこにでも行く、いわゆるマニアたちだ。

まずはファンファーレが鳴り響くという古典的なオープニングに、由希は少々びっくりした。そして高らかに楠の声が響く。

「レディス&ジェントルメン。ジィスイズ・ザ・ミス・ユニバース・ジャパン・ファイナル・コンペティション！」

そしてヒップホップの音楽に合わせて、上手と下手(しもて)から十二人のファイナリストたちが踊りながら登場する。ミニスカートにハイヒールという服装で、楽し気な笑顔だ。拍手が起こる。若く美しい女性、選び抜かれ、鍛え抜かれた彼女たちの存在感に圧倒され、敬意を表す拍手であった。

振りつけどおり彼女たちは三角形のフォーメーションをつくり、拡がりながら、あるいはきっちり並んだりしながら、三角形を変化させていく。しかし三角形の鋭角のところにいるのはカレンか麗奈だ。いちばん目立つ場所である。

そして最後に階段でみな腰をおろし、両手を拡げるポーズで止まった。そこに白いタキシード姿の楠が登場する。

「今年も日本一の美女を決める祭典がやってまいりました。私は今年も司会を務めさせていただく楠浩一郎です」

ファイナリストたちと変わらない拍手が起こった。やはり彼は人気がある。

楠が審査員たちを紹介している間、ファイナリストたちは大急ぎで水着に着替えなくてはならない。そしてライトの中、一人ずつゆっくり歩き、舞台の中央でポージングするのだ。

この仕事に就くまで、由希はテレビの画面でこうした情景を見るたび、いつもいたいたしさを感じていた。体をほんのわずかな布で覆った女性が、大勢の観客の目にさらされながら歩く。まるで売られる家畜が、一頭ずつひき回されるようだと思った。

が、ミス・ユニバース事務局に勤め、ビューティーキャンプを経験するとまるで考えが変わった。彼女たちは、食事制限をしながら必死で体をつくっていく。マシーンを使ったりトレーニングをしながら、一グラムのぜい肉を落とそうとするし、一ミリでもウエストを細くしようとする。完成された体を見せるということはアスリートに近いのだ。

五番目に麗奈が現れると、客席からほうーっというため息が漏れた。ファイナリストの中でいちばん長身の彼女に、黒いビキニはとてもよく似合う。くるっと回転すると、信じられないほど高い位置にあるヒップとすらりと伸びた脚が目に入った。ビューティーキャンプの前から髪を伸ばしていて、それを片方に流している。ポージングの時、彼女は妖艶な南の国の女のように見えた。

二人おいてカレンだ。彼女も黒いビキニである。やはり麗奈と同じようなため息が起こった。モデルだけあってウォーキングは麗奈よりもうまい。自信に充ちた表情で客席を見下ろすさまは、不敵といってもいいくらいだ。

この不敵さというのは、カレンだけが持っているものかもしれない。いくら美しくても、ビューティーキャンプで鍛えられても、他のファイナリストたちはこんな微笑をつくれないのだ。

「どう？　私。よかったら見てもいいのよ」

という声が聞こえてきそうだ。彼女の彫りの深い顔立ちを生かしたメイクはさすがだった。冴子もその前に舞台に出たが、体の美しさではカレンや麗奈にはかなわなかった。顔だけでは舞台では沈んでしまう。

「やっぱり、この二人の勝負でしょうね」

舞台袖で一緒に見ていたナミコがささやいた。

「さっきヘアメイクの時、かなりブウたれてて大丈夫かな、って思ったけど、カレン、よく持ち直したわね。あのコ、やっぱりタフだわ」

そしてカレンの後は桃花だ。まだ体は絞り切れていない。しかしむちむちとした若さが伝わってくる。やはり十代の肢体は、二十代の女たちとはまるで違っている。ウエストのあたりは曖昧であるが、それが清潔といえないこともない。ショートカットの彼女が笑顔をふりまくと、会場から拍手が起こった。

そして最後から二人目が美優だ。濃いブルーのビキニが、彼女の肌の白さをひきたてていた。あれほどエルザに注意されていたのに、緊張のためにかすかに猫背気味になっている。ポージングの時には持ち直してにっこりと笑った。ゆるやかなカールが、彼女の上品な美貌とよく似合っていた。少しはにかんだような笑み。

「神奈川県出身、谷口美優さん二十二歳。医大生として日々勉強に励んでいます」

アナウンスがあると、会場からかすかなざわめきがあった。これほど美しくスタイルのいい女性が、医大生であるということへの驚きと賞賛だ。

「エルザ焦っているかも」

ナミコが肩をすくめた。

「やっぱり美優は綺麗だもの。これで医大生と聞いて、審査員のおじさんたち、ぐっと来ちゃうかもね」

思わず審査員席の方に目をやると、真ん中の男性がしきりに頷いている。あれは化粧品会社の社長だ。ミス・ユニバース日本代表は、自動的にここの広告モデルを務めることになっている。美優ならぴったりだと思ったのだろうか。

「見て、エルザ。あんなおっかない顔して見てる」

反対側の上手の幕の陰に、水色のパンツスーツが見えた。そしてその顔は舞台を歩くファイナリストにではなく、審査員たちに向けられているのだった。

「彼女の夢がかなうかどうか。今夜が勝負よね」

ナミコがおごそかに言った。

14

水着審査の後は、イブニングドレスでの採点である。

このために海外有名ブランドがスポンサーについている。

エルザは、一人一人の個性に合わせて注意深く、そしてたっぷりとえこひいきしながらドレスを選んだ。

そのやり方があまりにも露骨なので、由希は腹が立ったものだ。

十二人の女たちは、上手と下手から一人ずつ登場し、エプロンステージの前でポーズをとる。ビューティーキャンプの成果よりも、この会場の観客と強いスポットライトが彼女たちを変えていた。十センチのヒールをまるで自分の踵のように動かしながら、彼女たちは堂々と優雅にステージを歩いていく。

ナミコは、

「ビューティーキャンプでは奇跡が起こる」

と言っていたが、コンテスト当日でもいくらでも起こる。

若さゆえに、イブニングドレス姿になるといまひとつ精彩がなかった村井桃花が、銀色のドレスを着てにっこり微笑んだ時は大きな拍手が起こった。ロングヘアで完璧なメイクをしたファイナリストの中で、ショートカットの彼女はとても新鮮に映ったに違いない。

そして桃花の次が、優勝候補のカレンである。彼女のドレスは最初麗奈が着ていた黒のイブニングドレスだ。これは背が高い美女でないと着こなせないものだったろう。シンプルゆえに体の線がはっきりと出るし、何よりも内側から輝くものがなければ、ただの黒いドレスになってしまう。

カレンの時は、拍手よりも「ほうー」というため息の方が大きかった。彼女は微笑む。今まで何度もリハーサルで、カレンの微笑むさまを見たけれども、これほど不敵なさまは初めてであった。本番のライトが、これほど彼女を変えているのだ。カレンばかりではなかった。ピンクのジョーゼットのドレスを着た美優も、灰色のスパンコールのドレスの麗奈も、会場を圧倒する美しさである。彼女たちを見慣れている由希さえ驚いてしまう。

「みんな、キレイ……」

思わずつぶやくと、傍に立っているナミコが笑った。

「あったり前じゃないの。ミス・ユニバースの最終審査に残った女たちなのよ。みんなとんでもなく美しいわ」

「この中から一人を選ぶなんて、至難の業よね」

「何、シロウトっぽいこと言ってんのよ。一次の水着の時に、もう二次に残る四人は決まってるわ」

「えっ、そうなの」

「そりゃそうよ。一次はエルザの意向で決まるはずだもの」

「そんな……」

「最終のミスを決めるのは合議制だけど、一次は点数で決めていくの。審査員たちは他の人たちが誰に何点入れたか、なんて知らないから。エルザがちょっと操作するはずよ」

「そんなこと、許されるの？」

「許されるかどうかは知らないけど、エルザはたぶんやっているはず。審査員だってその方がいいんじゃないかしら。彼らも十二人いっぺんに見てちょっと混乱しているけど、四人に絞ってくれたら、ああ、なるほどって気持ちが整理出来るもの」

「それにしたって……」

「あのね、エルザは日本の審査員なんてほとんど信じてないの。スポンサー筋の社長さんばっかりだもの。まぁ、美人っていうことについてわかっているのは、エステサロンの女社長ぐらいね」

確かにそうかもしれない。

審査員は全部で五人。時代劇に出ていたこともある大物俳優、通販で最近めきめきと業績をあげている化粧品会社社長、そしてポテトチップスが大あたりした食品会社社長、そしてホテルチェーン社長といった面々である。

みんなタキシードでも着ているのかと思ったらそうでもなく、化粧品会社社長は、ノーカラーのジャケットを着ている。田舎じみた顔にまるで似合っていなかった。

やがて一次審査を終えたファイナリストたちは、倒れ込むようにして舞台袖に戻ってくる。

「私、もうダメ……」

「転びそうになって、もう笑顔どころじゃなかった……」

中には、あんなに頑張ったのにと泣き出すファイナリストもいる。それを慰めるのは由希たちの役目だ。

「すっごく綺麗だったわ。大丈夫……」

別の者にも声をかける。

「きっと最終に残るわ。平気だから……」

が、すぐに由希は自分の矛盾に気づいた。最終に残るのは四人だけなのだ。あなたも、そしてあなたもきっと残るわ、などということはあり得ないのだ。

コンペティションは、ビューティーキャンプとは違う。

あたり前のことに気づいた。ビューティーキャンプは、全員が残ることが大きな目標であった。が、ミス・ユニバースの最終審査は違う。ファイナリストの中から、たった四人しか選べないのだ。

「誰と、誰……？」

由希はすばやく頭を動かす。

麗奈とカレンは確実だろう。あとは美優が残るに違いない。彼女が登場した時の審査員たちの表情をチェックしていた。

化粧品会社社長はとろけそうになるのを、必死に立て直そうとする表情であった。食品会社社長は、ただニコニコと相好（そうごう）を崩していた。

美優は文句なしに、

「日本のおじさんたちが大好きなタイプ」

なのである。

十五分の休憩の間、ファイナリストたちはいったん楽屋に戻り、化粧の直しに余念がないるのだ。

い。選ばれる、選ばれないにかかわらず、いったん全員がステージに上がることになって

エルザはさっき、

「楽屋でもあなたたちは見られているのよ。外のスタッフたちも、ずうっとあなたたちの
ことを見ているのよ」

と注意を促していたが、そんなことは誰もが憶えていないようだ。

十センチのヒールの靴を脱ぎ捨て、ふくらはぎをマッサージしている者もいた。そうで
なかったら、化粧を必死で直している。ヘアメイクの数は限られているから、順番を待っ
てはいられないのだ。

こんな中にあっても、カレンは特別待遇であった。加賀自身が目のメイクに手を入れて
いた。おそらくエルザに言われたのだろう。〝常連〟の強みで自分のメイクをまっ先にさ
せた東野冴子も近づけなかった。

やがて五分前のベルが鳴り、彼女たちはステージ袖へと歩いていく。ぎりぎりまで裸足(はだし)
でいようとする女がいた。手にヒールを持っているのだ。エルザに見つかったら大変なこ
とになったろう。

しかしエルザの姿は見えない。別室で集計をしているのだ。

あの噂は本当だろうかと由希は思った。審査員たちの点数を、エルザがいじっているという話である。まさか、と打ち消したけれども、本当かもしれないと思う気持ちも捨てきれない。通訳の自分も呼ばれてはいないし、そもそもこのコンテストはエルザのものなのだから。

彼女はどうしても日本から、世界一を出したい。そのために必死の努力を重ねてきた。そのために、最終ではない一次の決定権を彼女が持ったとしても、あたり前だという気がいつのまにかしてくるのである。

第二部のスタートは、ごくシンプルな演出だ。音楽と共に、ファイナリストたちは一人一人舞台袖から出ていく。そして全員が並び終わった時に、司会者の楠浩一郎から最終に選ばれた者が発表されるのだ。

その前に彼は審査員たちに短いインタビューをした。

「皆さん、第一部をご覧になってのご感想、いかがでしたでしょうか」

「いやー、どなたも綺麗で目移りして困るねぇ……」

化粧品会社社長が実に素朴な言葉を口にし、会場から失笑が漏れた。

「本当にそうですよねー。僕もさっきから見ていて、どうやって順位を決めるんだろうって考えちゃいましたよ。皆さん、本当に素敵ですよね」

楠はそつなく受けた。

「それでは、エステティックサロン『シルビア』社長、江波あづささま、いかがでしょうか」

テレビにもよく出演する彼女は、慣れた様子でマイクを持ち、よく通る声で喋り出した。

「本当にどなたも魅力的で目を奪われました。ただ私は、ずうっとこの方が世界大会の舞台に立った時どうだろう、っていう目で審査していましたのよ」

たぶんエルザに何か言い含められたのだろう。しかしそれは悪いことではない。いつのまにか由希もそう考えるようになっている。

「それでは、最終審査に進む四人の女性を発表いたしましょう」

楠がおもむろに、大ぶりの封筒からカードを取り出した。

「まず佐々木麗奈さん」

奥の方から彼女が出てきた。まだこの時、まわりの女たちが余裕を持って拍手しているのがわかる。まだ三人残っているのだ。

「次は谷口美優さん」

右から二番目に立っていた美優は、信じられない、というように両手を胸の前で組んだ。こういう自然なしぐさも、男の審査員たちには好かれるに違いない。

「そして、坂口早良さん」

皆の笑顔が止まった。ダークホースどころか、一度も下馬評にも上らなかった女なのだ。彼女自身も信じられないようで、えーっという声をあげているのが遠くからでもわかった。しかし先ほどから審査を見ていた由希にとって、早良は印象に残る一人だった。クセのない美貌でプロポーションも申し分ない。

ビューティーキャンプの最中は、なぜか目立たなかったのであるが、今日ステージに立つと見違えるような存在感があった。たぶん笑顔がよかったせいであろう。職業的なつくり笑いをしている者が多い中で、顔全体がほころぶような明るい笑顔だったのだ。

「それでは最後の一人を発表いたしましょう」

しんと会場が静まりかえった。

「最後のお一人は、村井桃花さん」

両手で口をおおって、呆然として前に出てくる桃花に、意外にもみんなが温かい拍手をおくった。いちばん若い十九歳の桃花が、皆に好かれていたということもあったろう。

由希は舞台袖からカレンの横顔を探したが、何人かに邪魔されて見えなかった。こんなことがあるだろうか、優勝候補の中でも、本命中の本命、エルザがさんざんえこひいきしてきたカレンが、最終に残らなかったのだ。

「エルザが採点を操作している」

というのは、デマだったことがこれでわかった。が、それにしてもエルザの無念さはいかばかりであろうか。

演出によって、落選したファイナリストたちは、四人を残してさっと退場することになっている。彼女たちは最後まで笑顔を忘れることなく、下手に向かう。しかし、ライトの届かないところに戻った瞬間、彼女たちの顔つきは変わった。

「やっと終わったー」

と小走りに楽屋に向かう者もいたが、それは少数で、ほとんどは険しい顔をしたまま廊下をゆっくりと歩いていく。大野カレンもその中にいた。放心したように、ゆっくりとした動きだ。

「カレン」

近寄っていったのはナミコだ。

「意外だったわ」

「私だって！」

微笑んでみせた。

「どうしてだったんだろう」

「私だって知りたい」

　そう言って背を向けた。カレンに話しかける者はもういない。訓練された伸びた背が、落胆に崩れることなく遠ざかっていくのを二人は見ていた。

「本当にどうしてなの」

「私にわかるはずないじゃないの」

　ナミコが外国人のように肩をすくめてみせた。

「それでは残った四人の方々に、審査員の方々から質問をしていただきましょう」

　楠の声が、楽屋のスピーカーを通して聞こえてくる。

「それではスマイル食品社長、川端洋介（かわばたようすけ）さまから質問をしていただきましょう」

「はい、それでは」

　中年の訛りのある声であった。

「四人の方々に質問します。今まであなたの人生で、いちばん努力したことは何でしょうか」

　実にありきたりな質問であった。これについてビューティーキャンプでは、何度も想定問答を繰り返してきた。みんなうまく答えられるといいのだが。

「はい。あなたの人生でいちばん努力したことですね。それではまず、佐々木麗奈さんからお聞きしてみましょう」

「私のいちばん努力したこと……」

まずい。かなり緊張しているらしい。硬くうわずった声である。

「高校生の時、新体操の全国大会に出るために必死で練習しました。私は背が高過ぎて、不利な部分があったのですが、それを克服しようと一生懸命努力をいたしました。そして……」

何か別のエピソードと繋げようとしたのだがうまくいかない。

「そして……それが私のいちばん努力したことです」

焦って言葉を締めくくった。パチパチとおざなりの拍手。

「次は村井桃花さん。同じ質問です」

「私がいちばん努力したこと。ずばりミス・ユニバースに応募してからここに立つまでのことです」

笑いが起きた。桃花の得意そうな顔が目に見えるようだ。

「だって私はいちばん若かったんですが、いちばん体重がありました。ビューティーキャンプの間は、甘いもの禁止で徹底的にしごかれたんですよ」

再び好意的な笑いが起き、これはいけると思ったのか楠が質問をする。

「その、ビューティーキャンプって何ですか」

「ファイナリストたちが、ホテルに集まって二週間合宿するんです」

「きついですか」

「きついですよ。私なんか何度脱走しようと思ったかわかりません」

観客はどっと沸き、楠も声をたてて笑った。やった、桃花、と由希は頷いた。

その時、エゴイストの香りが近づいてきた。エルザだった。カレンが落ちても何の変化も見られない。いつものエルザだった。

「ユキ、捜してたのよ」

エルザは何ごともなかったように言った。

「今、モモカが何て喋ったか、早く訳して頂戴」


司会の楠浩一郎はこれはいけると思ったに違いない。桃花を軽くいじり始めた。たぶん彼はあらかじめエルザから言われていたはずだ。本命の大野カレンにどうか長く質問をしてくれ、彼女がいちばん印象に残るようにしてくれと。しかしカレンは、最終の四人には選ばれなかったのだ。だから彼は桃花のためにその時間を割いている。そのことがどんな効果をもたらすか十分に知りながら。

もはや優勝の鍵は、この二人が握っているのはあきらかであった。

「そのビューティーキャンプ、脱走するとどんな罰があるんですか」

「まずここには出られませんね」

また会場からどっと笑いが起こった。

「じゃあ、村井桃花さんは脱走もせずに、ちゃんと最後までやり遂げたんですね」

「そうです。だから私がここにいます。あれだけつらいキャンプをやり遂げたんだから、私はグランプリをつかみます」

桃花が大きく頷くと、今度は大きな拍手だ。審査員たちも微笑みながら拍手をしている。

桃花は会場にいる人たちの心を完全につかんだのだ。

「ねえ、モモカは何て言ったの。早く訳して頂戴」

傍（そば）でエルザがせっつく。彼女はとても苛立っている。自分の予想していなかった展開になっているからだ。

「私はビューティーキャンプを乗り切った。だから私は勝利をつかむ……」

同時に訳していったが、その言葉は最後の大きな拍手にかき消されてしまった。

「ＯＫ……」

エルザは低い静かな声で言った。

「ユキ、彼女に至急話さなくてはならないことがあるの。だから通訳をお願い。そしてこのことは絶対誰にも話さないように。誓えるわね」

誓えるか、という言葉の重さに由希はたじろいだ。エルザが初めて口にしたフレーズである。

「もちろんです」

そのとたん、大きな拍手と共に桃花が下手に戻ってきた。頬が上気している。彼女もこの成功に興奮しているのだ。ビューティーキャンプの最中、何度かインタビューの練習があったが、どれも高い評価を得るものではなかった。

エルザによると、

「モモカは知性のきらめきがない」

というのだ。

しかし本番の大舞台で、桃花は素晴らしい対応をしたのだ。彼女の答えは機智（きち）とユーモアにとんだものであった。

「それでは次は、坂口早良さん、お願いいたします」

今、ステージでは、番狂わせの早良のインタビューが行なわれようとしている。質問に答えた者からいったんひっこみ、最後は四人揃ってもう一度エプロンステージでポージングすることになる。ここで審査員は最後の決定をするのだ。

モモカ、こっちにいらっしゃいとエルザは舞台袖の暗がりにつれていく。そこはさきほどまでファイナリストたちが待機していたのだが、最後の四人が呼ばれたとたん、みんな楽屋にひきあげていった。彼女たちの甘い体臭と香りがほのかに残っているあたりには、小道具の花束がひとつころがっていた。

「モモカ、次にステージに出たら、あなたはわざと転びなさい」

「えっ」

由希は聞き違えたかと思い、エルザの顔を見つめる。

「早く訳しなさい！」

エルザは睨んだ。そしておそろしいほどの早口で続ける。

「モモカ、あなたはジャパニーズ・マフィアにさらわれそうになったのを憶えているわね」

「でも、あれは……」

「黙りなさい。あなたはマフィアの経営するお店でホステスをしていた。そして借金をほっぽらかして逃げたのよ。私はあなたを助けるために、どのくらいの危険を冒したと思うの。あなたはビューティーキャンプに居座ったけれど、それは許されないことだったたのよ」

「それでは審査員の江波あづささん、質問をよろしくお願いいたします」

ステージから楠の声が聞こえる。

「はい、それでは質問いたします。坂口さん、あなたにとって尊敬する人は誰ですか。そしてその理由を教えてください」

とてもありきたりの質問。まるで〝消化試合〟のようなインタビューではないか。こんな質問では、早良の逆転ホームランは無理だろう。

「あなたがグランプリを獲ったら、きっとマフィアたちも騒ぎ出すわ。私はもう防ぐことは出来ない。ミス・ユニバースは大変なスキャンダルに見舞われるはず。だからモモカ、思いきり尻もちをつくのよ。わかったわね。さあ、誓いなさい」

「私が尊敬するのは、緒方貞子(おがたさだこ)さんです。私もいつかあのように国際的に人々に貢献出来る人になりたいと思っています。それが私の今の願いです」

「誓いなさい」

訳す時、桃花の顔を見ることが出来なかった。が、彼女は何も声を発しない。

「坂口早良さんでした。ありがとうございました」

桃花の時とは比べものにならないほどの小さな拍手であった。

「さあ、誓うのよ。Swear to God!」

エルザは桃花に突然近寄り、彼女の顎をつかんだ。桃花の方がはるかに背が高いからエルザが見上げる形になる。エルザの横顔は怖くて見ることが出来なかった。

「あなたは私のミス・ユニバースに傷をつけてはいけないの。わかったわね」

「わかりました」

桃花のかぼそい声がした。

「最後の最後で、私は何か失敗をやらかしゃいいんでしょう」

「ＯＫ」

エルザは手を離した。

「モモカ、あなたはよくやったわ。でもあなたがいてもいいのはここまでよ」

桃花はそれには答えず、背を見せて、彼女にとってははるかに安全な場所、ステージの光が届きスタッフが立っている場所に向かって歩いていった。背がヒップのすれすれまで開いている大胆なデザインだ。よく鍛えられた若い肉体は、背の方によく表れていたかもしれない。桃花は何もなかったかのようにそこに立ち、最後の谷口美優のインタビューを見つめていた。

「それでは質問します」

化粧品会社社長の声だ。

「谷口さんは医大に通っていらっしゃるということですが、どんなお医者さんになりたいですか」

これは予想出来た質問なので、美優が落ち着いた声で答えている。

「はい。私は今、小児科医を目ざして大学に通っております」

エルザのアドバイスを思い出す。

「お父さんの跡を継いで皮膚科医なんて言っちゃダメ。小児科医と答えなさい。そこからいろんな言葉が拡がっていくはずだから」

「私の夢は、アフリカやアジアで悲惨な境遇にいる、多くの子どもたちのために働きたいということです。そのことを夢で終わらせないために、医学の勉強と共に英会話も一生懸命やっております」

おざなりでない拍手が起こった。単に「国際貢献をしたい」と答えた早良よりも、はるかに具体的で実現性にとんでいるからだ。

「あなたのような若いお医者さんが出てくるとは、日本も捨てたもんじゃないですなぁ……」

化粧品会社社長が感に堪えぬように言った。

「さあ、それでは最後に残った四人に、もう一度登場してもらいましょう」

楠の声がする。

そこまでが限界だった。自分の足が小さく震えているのがわかる。由希はステージでこれから行なわれる光景を見たくなくて、ステージの袖から廊下へと逃れた。

「信じられない……」

今しがた自分が見た光景は、本当にあったことなのだろうか。

「誓いなさい」

というエルザの声。そして暗がりの中で白く光っていた彼女の金髪。顎をつかまれてじっと上を見ていた桃花……。

最後の最後で、自分はとてつもないものを見てしまったのだ。由希は壁にもたれて耳をふさいだ。その場にはかすかにステージのざわめきが聞こえてくる。それはもうじき、悲鳴と驚きの声に変わるはずであった。十九歳の女の子は、もうじき残酷で悲しい芝居をうたなければならないのだ。

どのくらいそうしていたかわからない。由希はさらに強く耳をふさぐ。もうイヤだ。こんなところから逃げ出したい……。

「どうしたのよ」

いきなり肩を叩かれた。ナミコであった。

「もうじき審査員の先生たちが、ここを通るわよ。こんなところに、暗い顔して耳ふさいでるスタッフがいたら問題よね」

「今、ステージは」

「パフォーマンスが始まってるわ。ＲＥＩＫＯの歌。三曲歌ってる間に、先生たちは決めるってわけ」

「ねぇ、今、何か起こらなかった」

「起こるって、何が?」

「誰かが転ぶとか」

「そんなこと起きるわけないでしょ。あんだけ練習してたんだから」

ナミコは笑った。

「桃花は……、ちゃんと歩いたのかしら」

「そんなことまで心配しなくても大丈夫よ。なんかさ、あのコ、すごい迫力でさ、エプロンステージで、ポージングした時なんか、大拍手きちゃったわよ。本番で大化けするコがいるけど、桃花がそうだったのね。それにしてもさっきの最後のステージでは、何かすごかったわね。私でさえこのコ、こんなに綺麗だったのかってびっくりしちゃったもの」

「桃花って、今、どこにいるの」

「えーと。四人は楽屋には帰らずに、上手に待機してるんじゃないの」

由希は走り出していた。

今こそエルザから桃花を守らなくてはならない。もしかするとエルザは、今、桃花に近づき、

「優勝したら辞退しろ」

と脅しているかもしれなかった。しかしそんなはずはないとすぐにわかる。この会場で勝者が辞退するなどというのは、到底あり得ないことであった。

廊下を抜け上手へと向かった。そこには仮設の小部屋がつくられメイク室となっていた。エルザの姿はそこにはない。由希はホッとして、いちばん左の側に座る桃花に近づいた。ちょうど彼女はヘアメイクの男性に、唇にグロスを塗られているところであった。

「桃花……」

彼女の後ろに立つ。どうしていいのかわからない。謝罪をすべきなのだろうか。いくら訳していたとはいえ、あの言葉を彼女に告げたのは自分なのだから。

桃花は何も答えず、にっこりと微笑んだ。由希は息を呑む。この半刻(はんとき)で彼女はすっかり変わってしまった。あどけない十代の女の子から、大人の表情になっている。強くしたた

かな、女の顔だ。

「由希さん……」

桃花はゆっくりと振り向いた。グロスを塗られたばかりの唇は、本物よりもずっとぼってりしていて、それだけは成熟した女性のものだ。唇が動く。由希だけに聞こえるかすかな声で。

「私ね、エルザの言うとおり、大げさに転ぼうと思った。でも、ステージに出たとたん、そんな気持ちまるでなくなっちゃった。みんな私が出ていったら、すごい拍手をしてくれたし、そういう人たちを裏切るの、絶対にいけないと思ったんだ」

そして問う。

「私、間違ってる?」

「ううん、間違ってないよ」

由希は大きく首を横に振った。そうしなければ涙が出てきそうだ。

「桃花はあたり前のことをしただけなんだよ」

「うん」

桃花は歯を見せて笑った。そうすると無邪気な十代の娘となった。

「エルザ、怒るかな」

「怒るわけないじゃないの。絶対にそんなことあり得ない。なぜって……」

その後、意外な早さで答えが出た。

「桃花は、もうエルザの手の届かないところへ行ったんだよ」

本当にそうだ。ビューティーキャンプとこのコンテストを経て、いちばん成長したのは桃花なのだ。自分の意志で行動した桃花を本当にいとおしいと思った。

大きな拍手が聞こえる。パフォーマンスが終わったのだ。

「いやあ……本当に素晴らしい歌、ありがとうございました」

楠の声がする。歌が終わったばかりの歌手にマイクを向けているのだ。

「ＲＥＩＫＯさんは、歌も素晴らしいですけれども、ファッションリーダーとして、いつも衣裳が注目されていますね」

「ありがとうございます」

「衣裳はいつもご自分で決められてるんですか」

「デザイナーと相談しながら、私がデッサンを描いたりしています」

どうでもいいインタビューが続く。おそらくは時間稼ぎをしているのだ。ということは、審査が長引いているに違いない。

「ＲＥＩＫＯさん、今日のファイナリストたちをご覧になっていかがですか」

「びっくりしましたァ。みなさんお綺麗なのはあたり前ですけど、すっごく自分の考えを持っていらっしゃるんですね」

「そうなんです。ミス・ユニバースは美だけでなく、知性と心の豊かさを競うものなんです」

いささかそらぞらしい会話が続いた後、楠は突然声を張り上げる。その声は安堵に溢れていた。

「本当にありがとうございました。素晴らしい歌を聞かせてくれたＲＥＩＫＯさんに、もう一度拍手を」

客席からも、ほっとした空気を含めての拍手が起こる。

「それでは四人のファイナリストに、もう一度舞台に登場していただきましょう」

何という曲だったろうか、華やかな昔のポピュラーソングが流れる中、イブニングドレス姿の女たちが、上手と下手から二人ずつ出て中央に立った。ポージング。

芝居がかった声で楠が言う。

「それでは準グランプリを発表いたしましょう」

軽いドラムの音。

「今年のミス・ユニバース・ジャパン準グランプリは、谷口美優さん」

美優が信じられない、といった表情で前に出る。先ほどと同じ胸を抱く初々しいポーズだ。

残った三人の女たちは、顔をひきつらせながら拍手をする。グランプリの確率はおそろしいほど高くなっているのだ。

「そして、もう一人の準グランプリは……」

そうだ。準グランプリは二人いるのだと由希は思い出した。

「佐々木麗奈さんです」

麗奈も驚いたふりをしながら前に出てきたが、美優と違ってまるで不自然だった。

「それでは、いよいよグランプリの発表です」

桃花と早良は微笑み合う。まあ、どうしましょう、というポーズなのであるが、この二人はうまくやった。遠目には仲良さ気に見えたほどだ。

「私は今、審査員の方々から渡された結果を手にしております」

楠は白い封筒の背を見せた。その手つきは何も仕掛けがないと示すマジシャンのようであった。

「さて、グランプリに選ばれるのは、二人のうちのどちらでしょうか」

それはなんと残酷な光景だったのだろう。グランプリと準グランプリを決めるのではない。グランプリと無冠の女とを決めるのだ。

「それでは発表いたしましょう」

楠はここでいったん沈黙した。

「今年のミス・ユニバース・ジャパン、グランプリは、村井桃花さんです」

そのとたん、桃花はウッソー!! と叫んだ。そしてミス・ユニバースにあるまじき表情で泣き出したのだ。それは号泣といってもいい泣き方であった。顔をくしゃくしゃにして、目からぽたぽた涙を流し、あろうことかやがて鼻水さえ出始めた。

「村井さん、ひと言……」

楠がマイクを差し出しても答えることが出来ない。うえーん、うえーんと繰り返すだけだ。楠は苦笑した。

「村井さん、言葉にならないようですね。それでは審査委員長の江波社長、ひと言」

「桃花さん、おめでとう。私たちは、あなたの若さに賭(か)けましたよ。世界大会頑張ってください」

よかった！ と由希は頷き、そして涙をぬぐった。今、桃花は昨年の勝者近藤沙織からティアラをかぶせられた。すると魔法が起こった。桃花はもう泣くことはなく、胸を張った。すると光のようなものに彼女は包まれ、桃花こそがいちばん美しい女、グランプリに選ばれて当然とすべての人は頷いたのである。

後ろから人の気配がして、由希は振り返った。エルザだった。驚いたことに彼女は満足気な顔をしている。

「あと四キロ、世界大会までに痩せてもらうわ……」

「桃花でいいんですね……」

「もちろんよ」

エルザはにっこりと笑った。

「私があのコをつくり変えてみせる。見ててごらんなさい。世界一の美女にしてみせるから」

強がりかと思ったがそうではなかった。幕が下りた。モモカとエルザは叫び、そしてきつく抱きしめる。

「私はあなたの勝利を信じていたわ。さあ、世界大会に向けて二人で頑張りましょう」

プラチナティアラが、エルザの頭のずっと上で揺れていた。

本書はフィクションです。

初 出「GINGER」
(2013年12月号～2015年3月号)

カバー写真
ミス・ユニバース・ジャパン

ブックデザイン
高柳雅人

林　真理子（はやし まりこ）
1954年、山梨県生まれ。82年エッセイ集『ルンルンを買っておうちに帰ろう』でデビュー。86年『最終便に間に合えば/京都まで』で直木賞を受賞。95年『白蓮れんれん』で柴田錬三郎賞を、98年『みんなの秘密』で吉川英治文学賞を受賞。週刊誌や女性誌の連載エッセイも人気で『野心のすすめ』は大ベストセラーとなる。近著は『中島ハルコの恋愛相談室』『マイストーリー 私の物語』など。

ビューティーキャンプ

2016年2月25日　第1刷発行

著　者　林 真理子

発行者　見城 徹

発行所　株式会社 幻冬舎
〒151-0051　東京都渋谷区千駄ヶ谷4-9-7
電話　03（5411）6211（編集）
　　　03（5411）6222（営業）
振替　00120-8-767643

印刷・製本所：中央精版印刷株式会社

検印廃止

ISBN 978-4-344-02893-7　C0093

幻冬舎ホームページアドレス　http://www.gentosha.co.jp/

この本に関するご意見・ご感想をメールでお寄せいただく場合は、
comment@gentosha.co.jpまで。